No Tempo dos Gigantes

Mitologias e os primeiros povos

Editora Appris Ltda.
1.ª Edição - Copyright© 2024 do autor
Direitos de Edição Reservados à Editora Appris Ltda.

Nenhuma parte desta obra poderá ser utilizada indevidamente, sem estar de acordo com a Lei nº 9.610/98. Se incorreções forem encontradas, serão de exclusiva responsabilidade de seus organizadores. Foi realizado o Depósito Legal na Fundação Biblioteca Nacional, de acordo com as Leis n°s 10.994, de 14/12/2004, e 12.192, de 14/01/2010.

Catalogação na Fonte
Elaborado por: Dayanne Leal Souza
Bibliotecária CRB 9/2162

E777t 2024	Espirito Santo, Ricardo Jesus do No tempo dos gigantes: mitologias e os primeiros povos / Ricardo Jesus do Espirito Santo. – 1. ed. – Curitiba: Appris, 2024. 119 p. ; 21 cm.
	ISBN 978-65-250-7112-1
	1. Mitologia. 2. Religião. 3. Contos. 4. Ficção. I. Espirito Santo, Ricardo de Jesus do. II. Título.
	CDD – 398.22

Appris
editora

Editora e Livraria Appris Ltda.
Av. Manoel Ribas, 2265 – Mercês
Curitiba/PR – CEP: 80810-002
Tel. (41) 3156 - 4731
www.editoraappris.com.br

Printed in Brazil
Impresso no Brasil

RICARDO JESUS DO ESPIRITO SANTO

No Tempo Dos Gigantes

Mitologias e os primeiros povos

Curitiba, PR
2024

FICHA TÉCNICA

EDITORIAL	Augusto V. de A. Coelho
	Sara C. de Andrade Coelho
COMITÊ EDITORIAL	Marli Caetano
	Andréa Barbosa Gouveia (UFPR)
	Edmeire C. Pereira (UFPR)
	Iraneide da Silva (UFC)
	Jacques de Lima Ferreira (UP)
SUPERVISORA EDITORIAL	Renata C. Lopes
PRODUÇÃO EDITORIAL	Bruna Holmen
REVISÃO	Marcela Vidal Machado
DIAGRAMAÇÃO	Amélia Lopes
CAPA	Kananda Ferreira
REVISÃO DE PROVA	Bianca Pechiski

SUMÁRIO

INTRODUÇÃO 7

CAPÍTULO I
AS SENTINELAS 8

CAPÍTULO II
OS GIGANTES 15

CAPÍTULO III
O SINAL 25

CAPÍTULO IV
OS ENVIADOS 30

CAPÍTULO V
O DILÚVIO 34

CAPÍTULO VI
OS PRIMEIROS TEMPOS 42

CAPÍTULO VII
A DIVISÃO 48

CAPÍTULO VIII
A CULTURA DOS POVOS 52

CAPÍTULO IX
NIMROD 59

CAPÍTULO X
AVRAM 63

CAPÍTULO XI
O POVO ESCOLHIDO 68

CAPÍTULO XII
A DESTRUIÇÃO DE SODOMA 75

CAPÍTULO XIII
OS FILHOS DA PROMESSA 79

CAPÍTULO XIV
A ORIGEM DE YISRA'EL 83

CAPÍTULO XV
O CAMINHO DO CATIVEIRO 87

CAPÍTULO XVI
MOSHE 92

CAPÍTULO XVII
O CASTIGO DE MITZRÁYN 96

CAPÍTULO XVIII
O CAMINHO DA LIBERDADE 106

CAPÍTULO XIX
A TERRA PROMETIDA 110

INTRODUÇÃO

Os gigantes sempre despertaram curiosidade desde o tempo mais remoto, sendo também os povoadores de lendas e mitos e das sagas mitológicas.

São eles os heróis da antiguidade.

Neste livro, você vai conhecer um pouco do mundo antigo dos gigantes, que abrange desde as origens mais antigas até as manifestações mais recentes.

Algumas passagens têm narrativas para trazer um melhor entendimento e uma ordem coordenadas dos fatos aqui prescritos.

É um conto mais próximo dos originais, que pude trazer até vocês, leitores e pesquisadores deste mundo.

Este livro não tem a intenção de ofender quaisquer povos, línguas ou crenças, apenas trazer um ponto de vista abrangente das narrativas.

CAPÍTULO I

AS SENTINELAS

O princípio

Havendo chegado a época dos filhos dos céus, apresentaram-se perante seu rei para prestar contas; Shemyazah se apresentou. Ele era chefe de uma guarda de 200 sentinelas.

O rei de todos os mundos iniciou a palavra e lhe disse: "Quero que você vá para a Terra ensinar os homens sobre justiça. Ensine como eles devem agir e como seguirem meus estatutos, que estão escritos nas tábuas celestes. Se eles se desviarem, que você e os que o acompanham intercedam por eles e os coloquem de novo no caminho que eles devem seguir. Vá à Terra e observe-os. Vocês serão os guardiões dos homens".

É daí que vem o termo "anjo da guarda".

Então ele se retirou da presença de seu rei e partiu com seus subordinados para rodear a Terra e observar os feitos dos filhos dos homens.

O tempo foi passando e os homens começaram a se multiplicar na Terra, nasceram as filhas deles.

Isso começou a chamar a atenção dos guardiões, pois as mulheres eram muito bonitas, de maneira que seus olhos se fixaram nelas e as intenções de seus corações mudaram e eles se corromperam.

Naqueles dias, os homens se organizaram com suas famílias e construíram cidades.

Mahalal'el se casou, e sua mulher deu à luz um filho para ele, a quem chamou pelo nome de Yered, porque foi em seus dias que os enviados dos céus desceram para a Terra, aqueles que são chamados de guardiões, os quais deveriam ensinar os filhos dos homens e deviam executar julgamento e justiça na Terra.

A corrupção

Foi assim que começou a confusão. Quando as sentinelas – os filhos dos céus – viram as mulheres – as filhas dos homens – e se apaixonaram por elas, eles disseram uns para os outros: "Vamos selecionar para nós esposas da progênie dos homens, para que geremos filhos assim como eles".

Então Shemyazah, que era o líder deles, disse: "Talvez eu não permita que vocês façam essas coisas, pois tenho medo de que vocês realizem esse empreendimento e que só eu sofra as consequências".

Então um deles propôs: "Façamos um juramento de culpa perante todos nós aqui presentes. E Shemyazah concordou com os termos.

E os 200 se reuniram no topo do monte Hérmon, que fica entre o Líbano e a Síria, e fizeram um juramento entre eles ali. Os chefes dos 200 são estes: Shemyazah era o líder de todos eles; Artqoph, Ramtel, Kokabel, Ramel, Danieal, Zeqiel, Baraqel, Asael, Hermoni, Matarel, Ananel, Stawel, Samsiel, Sahriel, Tummiel, Turiel, Yomiel e Yhadiel eram os chefes dos 200; e o restante estava com eles no monte.

Estando eles reunidos ali em Ardes, que é o topo do monte Hérmon, recitaram seu juramento de culpa. Eles disseram: "Nós todos juramos que não mudaremos nosso projeto de empreendimento, mas executaremos. E todos nós seremos responsáveis por cada ato realizado".

Após essas palavras, eles se transfiguraram, abandonando seu estado original, e desceram nas cidades para habitarem ali com os filhos dos homens.

Os guardiões no meio dos filhos dos homens

Assim que desceram nas cidades, colocaram seus empreendimentos em prática. Começaram a abordar as mulheres que mais lhes agradavam e se uniram com elas por casamento.

Isso era proibido por natureza e decreto real. Eles, sendo celestes e eternos, não podiam se misturar com a carne, muito menos tomar esposas.

Mas eles ignoraram tudo isso e começaram a se misturar e a revelar conhecimento oculto e proibido aos filhos dos homens.

Azazel não era um dos chefes, mas se destacou como tal. Ele ensinou os homens a fazerem: facas, espadas, escudos, armaduras, espelhos, braceletes feitos à mão e enfeites decorativos, além do uso de pinturas, do embelezamento das sobrancelhas, do uso de todo tipo de pedras valiosas e todo tipo de corantes, para que o mundo fosse alterado.

Azazel se separou dos outros guardiões e adotou uma posição de destaque perante os filhos dos homens.

Amazarak ensinou todo tipo de feitiçaria e medicina de raízes; Armers ensinou poções para a cura das feitiçarias; Barkayal ensinou a fazer observadores de estrelas; Akibeel ensinou os sinais do céu; Tamie ensinou astronomia e Asaradel ensinou o movimento da Lua.

Naqueles dias, foram revelados aos homens: a fusão da matéria dos cinco elementos; genética; segredos de construção; manipulação de energia; veículos de movimentos; golpes mortais em pontos vitais do corpo para se ferirem e o aborto para cessar a vida no ventre.

Os guardiões modificam o mundo

Eles conheciam os segredos da ciência e da criação, por isso se tornaram grandes na Terra, seus conhecimentos e suas forças se sobrepunham a qualquer mortal.

Eles observaram todos na Terra, todas as ações severas, macho e fêmea entre os homens e, também, todos os frutos e ervas que nela produziam.

E após observarem como tudo se comportava, seus defeitos e benefícios, eles começaram a separar 200 de cada espécie para a miscigenação.

Foram: 200 asnos, 200 carneiros, 200 cabras, 200 aves, 200 de cada réptil e de cada peixe, também árvores e plantas que cresciam na Terra.

E eis que toda a Terra foi corrompida pelas suas mãos e por seu sangue, pois os gigantes não eram suficientes para eles, por isso geraram os monstros.

Eles surgiram sem conhecimento verdadeiro e a Terra se corrompeu. Eles estavam considerando tornar o reino eterno das sentinelas sobre a Terra e modificar todos os seres. Por isso, no final, eles vão perecer e morrer, pois causaram grande destruição.

Eles abriram os segredos que estavam reservados nos céus e um segredo oculto foi ensinado às suas mulheres sobre a alquimia da vida.

Os homens diziam: "Elas retêm a vida para si, pois é como se a vida não passasse diante delas e fossem donzelas para sempre. Aos filhos dos homens isso jamais foi revelado".

As mulheres, após conceberem seus filhos, se tornaram muito perversas por causa da posição de destaque que elas adquiriram.

Elas oprimiam os filhos dos homens e praticavam bruxaria e orgias sem fim.

Eram chamadas de deusas da terra e deusas da fertilidade pelo motivo de darem filhos às sentinelas, os filhos dos céus.

Daí vêm os contos dos povos referentes a isso: "O céu casou-se com a Terra e geraram os deuses".

As 36 cidades

Antes de seus filhos nascerem, os guardiões construíram 36 cidades para eles.

Havia palácios luxuosos adornados em ouro, pedras preciosas e mármore, polidos em suas paredes e pisos. Suas arquiteturas eram tão extraordinárias que chegavam a brilhar como as estrelas, era algo nunca visto antes deles na Terra. As maiores cidades ficavam em Hermon e Sumeru.

A partir daí eles montaram suas assembleias nos lugares que eles escolheram para eles, onde apenas os filhos dos homens que os serviam podiam habitar.

E seus jardins continham todos os tipos de ervas verdes, flores e árvores grandes e belas, naturais e até modificadas, havia também animais de várias espécies e híbridos.

Eles dominavam e governavam com um único coração todos os homens e seus rebanhos e habitavam entre as nuvens nas montanhas separadas para eles.

Azazel foi o único que decidiu habitar e governar no meio dos homens, pois estava ligado a eles para cometer todo tipo de abominação na sua terra da planície.

Naquela época, os homens chamaram as cidades deles de "as moradas dos deuses".

Esse é o conhecimento dos antigos, muito antes desse tempo, tempo no qual havia feras flutuantes devoradoras de homens que planavam perante as aldeias e devoravam sua presa.

Era o tempo dos grandes monstros e das sentinelas, aqueles que em seu estado natural brilhavam como as estrelas e manifestavam sua luz.

Seus rebanhos eram de monstros enormes rastejantes, monstros de cascos fendidos que governavam.

Tempo dos gigantes, os homens de renome, ligados de corpo e mente com seus pais, que eram chamados de guardiões pelos homens.

Hanokh, o escriba

Foi nesse tempo que nasceu Hanokh, ele andou com os santos dos céus em seu tempo e foi o primeiro entre os homens nascidos na Terra que aprendeu a escrita, o conhecimento e a sabedoria.

Ele era filho de Yered e escreveu os sinais do céu de acordo com a ordem dos seus meses em um livro, de modo que os homens pudessem conhecer as estações dos anos e seus meses separadamente. E ele foi o primeiro a escrever um testemunho para os filhos dos homens pelas gerações da Terra.

Recontou as semanas de jubileus, fez conhecidos aos homens os dias do ano, colocou em ordem os meses e recontou os Shabat dos anos.

O que era, e o que haveria de ser, ele viu numa visão de seu sono, da forma como acontecerá aos filhos dos homens pelas suas gerações até o dia do julgamento.

Ele viu, entendeu tudo, e escreveu o testemunho para as gerações.

Ele se casou e sua mulher deu um filho para ele, a quem deu o nome Metusélah.

Hanokh esteve com os santos durante 42 anos, eles lhe mostraram tudo o que havia na Terra e nos céus, mostraram a regra do Sol e da Lua e como tudo que foi criado segue suas ordens, sem se desviarem do mandamento que foi determinado para eles.

Hanokh deu testemunho contra os guardiões, os quais tinham pecado com as filhas dos homens, porque isso tinha começado a uni-los, de modo a se contaminarem com elas.

Hanokh testemunhou contra todos eles e, antes de sua partida, entregou o livro de seu conhecimento, visão e testemunho a seu filho, Metusélah.

Depois ele foi tirado do meio dos filhos dos homens e conduzido ao jardim do Éden, em majestade e honra, e ele escreveu a condenação e o julgamento do mundo e toda a maldade dos filhos dos homens.

CAPÍTULO II

OS GIGANTES

O nascimento dos deuses

Quando os guardiões foram habitar suas cidades, as mulheres deles engravidaram e deram à luz filhos para eles.

Para Shemyazah, sua mulher deu à luz um filho, o primeiro, ao qual ele deu o nome de Ohya. Depois ela concebeu novamente e lhe deu outro filho, o nome deste foi Hahya.

Foi dito: "Ohya e seu irmão viverão para sempre, porque em todo o mundo, em energia e força, não há seres iguais a eles".

A mulher de Baraqel também concebeu e lhe deu um filho, e ele o chamou de Mahway.

E quanto aos outros guardiões, as mulheres de todos eles geraram filhos.

Azazel havia se separado dos outros guardiões para ter uma posição de destaque perante os filhos dos homens: ele habitou no meio dos homens e reinava sobre eles.

Shemyazah contou a seus filhos sobre o grande monstro do mar, o leviatã. Ohya cresceu fascinado com a ideia de um dia matar esse monstro que habita as profundezas.

Ele disse: "Um dia irei a uma jornada, matarei esse monstro primordial e meu nome será celebrado perante todos".

As sentinelas começaram a separar animais de todas as espécies para praticar a miscigenação, eles selecionaram 200 mulheres de suas servas e animais de seus rebanhos, juntaram espécies de todo tipo, gerando assim os monstros.

Eles utilizavam o sopro celeste para estes nascerem fortes e altos, pecando contra os animais e, também, contra as filhas dos homens.

Os gigantes causam desequilíbrio no mundo

Quando seus filhos cresceram, começaram a devorar as lavouras dos homens, de modo que se tornou impossível alimentá-los, e os homens começaram a passar fome na Terra.

Vendo eles que não havia alimentos suficientes na Terra, começaram a devorar os homens e a beber seu sangue. O mesmo eles faziam com os animais, de maneira que ficou insuportável morar na Terra naqueles dias, e os homens começaram a clamar por ajuda.

Para amenizar a fome, os guardiões começaram a modificar os frutos da terra para nascerem maiores e suas lavouras eram como se fossem florestas aos olhos dos homens.

Mesmo assim, muitos deles ainda continuavam devorando os homens por causa de seu sangue, e os guardiões não repreendiam seus filhos, pois os amavam muito.

E a Terra se tornou desprovida de justiça naqueles dias, muito sangue estava sendo derramado. As sentinelas julgavam justiça em favor de seus filhos, e os homens começaram a praticar todo tipo de violência e maldade, copiando tudo o que os gigantes faziam na Terra.

Assim, a impiedade foi aumentada e a fornicação foi multiplicada. Todos transgrediram e corromperam seus caminhos.

Os feitos dos gigantes eram extraordinários, nenhum mortal poderia resistir às suas forças, tudo estava cheio de todo tipo de violência e eles se sentiam imbatíveis atormentando todos com suas injustiças e depravação.

Os aryanos e os heróis da antiguidade

Os habitantes de Aryan-vezan foram os primeiros inventores, os primeiros usuários das artes e ofícios. Eles construíram os melhores monumentos da época: esculturas, maquinários, armas e amuletos. Aryan-vezan era uma das 36 cidades criadas pelos guardiões e sua entrada principal era um portão que os transportava até a cidade e ficava sobre o monte Hermon.

Os aryanos construíram uma lança em forma de relâmpago que lançava raios e, quando lançada sua descarga, fazia barulho de trovão. Eles presentearam Ohya e disseram: "Eis aqui uma lança para o deus do trovão".

Ohya lutou contra um draco para testar a sua lança, mas o inimigo de Ohya era o leviatã.

Mahway era aventureiro e possuía um machado flamejante que era obra dos aryanos. Ele disse a Ohya: "Eu vi o leviatã, ele estava no grande mar. Ele tem corpo de serpente e dentes ferozes, é simplesmente maravilhoso e colossal. Não é a primeira vez que o vejo, você deveria vir comigo, assim você também o encontraria".

Ohya respondeu: "Bendito seja!". E foi anunciar a seu pai.

Shemyazah disse a seu filho: "Tudo o que Mahway toca por acaso não está estragado?".

Mas o que ele disse é verdade, assim como ele já matou milhares.

Após pedir permissão a seu pai, Ohya imediatamente começou a seguir Mahway para todos os lugares, principalmente os lugares onde ele poderia encontrar o leviatã.

Foram 42 meses até que Ohya pudesse encontrar o leviatã. Ele ficou ali e mandou um mensageiro a seu pai.

Ele disse: "Que seja bendito meu pai. Seu notável filho lhe envia esta mensagem para que possa saber que vim o mais depressa possível, pois encontramos aquele que procurávamos".

Shemyazah pegou Hahya, seu filho mais moço, e os dois partiram para o encontro de Ohya.

Mahway já havia partido quando chegaram Shemyazah e Hahya.

Shemyazah partiu para a ação e atacou o leviatã. Ohya e Hahya seguiram seu pai. Após uma longa e cansativa batalha, eles saíram vitoriosos e o monstro fugiu para as profundezas.

Despois dessa façanha alcançada, Shemyazah e seus filhos chegaram orgulhosos e se vangloriavam perante suas assembleias. Seus nomes ficaram ainda mais celebrados perante todos.

Outros épicos dos heróis

O filho de Artqoph era obcecado pelo Sol, queria voar o mais próximo do Sol possível, para ver como ele funcionava.

E ele pôs seu empreendimento em prática. Ele disse: "Eu voei em direção ao Sol e vi que seu fogo ia sair. O Sol estava prestes a nascer de seu portão e seu centro estava a aumentar. Então eu ouvi uma voz do céu acima de mim dizendo: Filho do guardião, os seus assuntos são lamentáveis. E mais que isso, você deve rever seus pensamentos ou morrerá prematuramente. Por isso é melhor que você retorne agora para a

Terra. Mas continuei a ir mais além, então ouvi a voz de Hanokh, o escriba, que vinha da direção do sul, mas eu não o via, apenas ouvia a sua voz. Ele me disse: Quando o Sol sair no seu segundo portão, a luz do Sol e o calor descerá e transformará suas asas em chamas e você queimará e morrerá. Quando eu ouvi essas palavras, bati minhas asas voando para baixo sem olhar para trás e vi que o Sol ia saindo no amanhecer, irradiando sua luz na montanha Kogman. Aqui estão as marcas das queimaduras e suas cicatrizes".

Um tempo depois, no momento da Lua nova, os homens foram oferecer honrarias e sacrifícios às sentinelas e a seus filhos. Eles ofereceram cinco guirlandas para os homenagearem. Alguns entre eles ficaram ofendidos, mas Ohya se levantou e aceitou as oferendas dos filhos dos homens.

E a partir desse gesto, ele colocou uma guirlanda em sua cabeça e disse: "Com esse gesto, inicio meu reinado sobre os habitantes do mundo".

Outra vez, na cidade que ficava sobre a montanha Kogman, ouve um incêndio e ali morreram homens, mulheres e crianças, e os principados se retiraram, abandonando seus servos para a morte.

Os sonhos proféticos

Antes dos filhos dos gigantes nascerem, eles não conheciam a justiça nem a piedade. As 36 cidades foram separadas para eles habitarem ali.

Estes iam viver mais de mil anos.

Então, o Ancião de dias começou a bombardear todos eles com sonhos durante a noite, o que os deixou confusos.

E após todos começarem a receber sonhos proféticos de maldição, a respeito de suas destruições, e da destruição do mundo como eles conheciam, o medo penetrou em seus corações e só então eles desanimaram.

O primeiro a receber o sonho foi Mahway, o filho da sentinela Baraqel. Ele invocou a assembleia dos gigantes e disse: "Fui forçado a ter um sonho e em meu sonho havia um tablete sendo submerso na água. Quando o tablete emergiu, todos os nomes, exceto três, tinham sido lavados e apagados".

Então eles debateram a respeito do significado do sonho de Mahway, mas não obtiveram sucesso na interpretação dos sinais, mesmo pedindo a ajuda de seus pais.

Logo após, mais dois gigantes receberam sonhos similares, Ohya e Hahya, filhos da sentinela Shemyazah.

Eles se reuniram em uma assembleia e disseram: "No meu sonho eu estava vigiando nesta mesma noite e havia um jardim, então olhei e mais adiante vi vários jardins. Os homens estavam regando esses jardins e lá tinham também 200 árvores e grandes brotos saíram de suas raízes. Então todas as árvores foram arrancadas pelas raízes e atiradas na terra, exceto três arvores. Vi muita água se misturando com fogo, e toda a água e o fogo engoliram o jardim".

Quando contaram seus sonhos, todos eles ficaram perplexos sobre o que viria a ser isso.

E após perceberem que eram sonhos proféticos e que não podiam interpretar, foram atrás de Hanokh, o escriba, para os ajudarem.

A viagem entre os mundos

Mas Hanokh não pôde ser achado, pois já havia desaparecido da face da Terra. Então eles elegeram um de seus membros para ir a uma jornada fora da Terra, para os céus.

E Mahway foi o escolhido, ele montou no ar com ventos fortes e voou com suas mãos como águia. Ele deixou para traz o mundo habitado e passou sobre a desolação, o grande deserto, até chegar aos portões do paraíso.

Hanokh, vendo-o, cumprimentou-o.

Mahway disse a Hanokh: "Os gigantes aguardam as suas palavras e todos os monstros da Terra, ó Hanokh! Tivemos sonhos de revelações e não há um de nós que possa interpretar. Se fosse para nós mesmos, como nos dias anteriores, nossos pais seriam acrescentados e nós saberíamos seu significado. Então por isso procuramos por você lá na Terra, mas não o encontrando me enviaram até aqui, para que você possa os interpretar".

Então ele contou seu sonho e os sonhos de seus companheiros a Hanokh.

Hanokh disse: "Foram enviados três sinais para vocês inicialmente. As 200 árvores que foram vistas no sonho são os guardiões, os brotos que saíram das árvores são vocês e está decretada uma destruição por causa de suas maldades. E quanto ao seu sonho: o tablete submergido na água, no qual apenas três nomes não são apagados, refere-se a todos os habitantes do mundo, que serão engolidos pelas águas e suas descendências serão apagadas da história. Restarão apenas três descendentes dos homens".

Mahway, tendo ouvido as palavras de Hanokh, ficou amedrontado e disse: "Clame e peça por nós, para que não morramos".

Hanokh disse: "Eu falarei com o Santo Rei e pedirei por vocês. Quanto a você, vá em paz".

Então Mahway retornou para a Terra e reuniu a assembleia. Estando todos reunidos, Shemyazah iniciou a palavra. Ele disse: "Eu havia avisado que sofreríamos as consequências de nossos atos, mas estamos unidos em nosso juramento".

Mahway falou: "Eu pedi para que Hanokh, o escriba, rogasse por nós. Aguardemos assim suas palavras".

Hanokh enviado para profetizar contra os guardiões

Passados alguns dias, a resposta chegou por intermédio de Hanokh e ele escreveu em um tablete: "O notável escriba no nome do grande Rei e Santo, para Shemyazah e todos os seus companheiros: que seja conhecido a vocês, que não ficarão impunes às maldades e às coisas que vocês têm feito e que suas esposas praticaram, elas e seus filhos e as esposas de seus filhos. Por suas indisciplinas na Terra, tem havido sobre vocês muitos crimes nas costas e sangue derramado, e a Terra está chorando e reclamando sobre vocês e as ações de seus filhos, por causa do mal que vocês têm feito a ela. Até que Rapa'el chegue, contemplem destruição. Está vindo um grande dilúvio e ele irá destruir todas as coisas vivas e tudo que está nos desertos e nos mares. E o significado da matéria que vocês conhecem cairá sobre vocês pelo mal. Mas agora soltem os laços, prendam no mal, e rezem".

Então o Santo e Grande Rei falou a Hanokh e disse: "Hanokh, escriba da retidão! Vá até as sentinelas dos céus, as quais desertaram do alto céu e de seu santo e eterno estado para se contaminarem com mulheres e fizeram iguais os filhos dos homens fazem, tomando para si mesmo esposas, e que têm se corrompido grandemente na Terra. Diga a eles que na Terra nunca terão paz, nem remissão de pecados. Eles não se alegrarão em sua descendência, mas verão a destruição de seus amados filhos e lamentarão para sempre. E não obterão misericórdia nem paz".

Então Hanokh partiu e, passando pelo caminho, viu Azazel e disse: "Você não terá paz, existe uma grande sentença contra você. O Santo o amarrará, socorro, misericórdia e súplica não estarão com você, por causa da opressão que tem ensinado e por causa de todo ato de blasfêmia, tirania e pecado que você tem revelado aos filhos dos homens".

Então, partindo dali, falou a todos os outros que estavam reunidos.

Ouvindo as palavras de sentença contra eles, abençoaram Hanokh e pediram que ele fizesse um memorial de suas súplicas, para que eles pudessem receber perdão do Santo e Grande Rei, pois eles mesmos não podiam falar com ele, nem mesmo levantar seus olhos aos céus, por causa da infame ofensa com a qual eles foram julgados.

Então Hanokh escreveu um memorial com as orações das sentinelas, para pedir perdão por seus atos, por tudo que eles haviam feito e pelo assunto de sua solicitação para que eles obtivessem remissão e descanso.

Estando Hanokh sobre as águas, lendo o memorial de suas orações, caiu um sono sobre ele, que teve uma visão de castigo para relatar aos filhos dos céus.

E foi dito a ele: "Diga a Shemyazah e a seus companheiros: vocês foram enviados para rogar pelos homens e não os homens por vocês. Anuncie toda visão de castigo a eles, para que saibam que não alcançarão favor na minha presença. Então ele acordou e foi relatar a visão de castigo a eles".

Todos estavam reunidos, chorando com a face escondida.

E Hanokh relatou a todos as visões que ele tinha visto em seu sonho, ele disse: "Na minha visão foi me mostrado que seus pedidos não lhes serão atendidos enquanto o mundo perdurar. O julgamento de vocês foi decretado e vocês foram condenados, seus pedidos não serão atendidos e de agora em diante vocês nunca mais poderão subir aos céus. Ele disse que amarrará vocês na Terra por quanto tempo o mundo existir. Mas, antes disso, vocês verão a matança de seus amados filhos, eles cairão mortos pela espada e vocês assistirão sem poderem fazer nada. Não peçam por eles, nem por vocês, mas chorem e supliquem em silêncio, pois este decreto não tem limite de dias. A condenação virá sobre vocês, no dia que for lavada a imundície da carne dos homens".

CAPÍTULO III

◊ SINAL

O nascimento de Noach

Ora, Metusélah escolheu uma mulher para seu filho, Lamec. Ela engravidou e deu à luz um menino, seu corpo estava transfigurado em glória.

Era branco como a neve e vermelho como uma rosa, os cabelos da sua cabeça eram como a lã e os seus olhos como os raios do Sol.

Quando ele abriu os olhos, encheu-se a casa de luz, como o Sol, e toda ela ficou muito iluminada.

Nesse momento, ainda nas mãos da parteira, ele ergueu-se, abriu a boca e falou com o Santo e Grande Rei dos céus.

Mas seu pai, Lamec, não sabia o que se passava, por isso teve medo e fugiu.

Ele foi para junto do seu pai, Metusélah, e falou-lhe: "Tenho um filho fora do comum, não se parece com uma pessoa humana, mas sim com os filhos do céu, pois a sua natureza é diferente. Ele não é como nós, seus olhos assemelham-se aos raios do Sol e seu semblante revela majestade. Tenho a impressão de que ele não é meu descendente e tenho pressentimento de que nos seus dias acontecerá algo grandioso sobre a Terra".

"Meu pai! Estou aqui para pedir com humildade que procure o nosso pai, Hanokh, para saber dele toda a verdade, pois ele habita com os santos dos céus".

Metusélah vai buscar respostas com seu pai, Hanokh

Depois que Metusélah escutou as palavras do seu filho, foi ao encontro de seu pai nos confins do mundo, pois tinha conhecimento de que Hanokh se encontrava ali. Ele o chamou em alta voz e disse: "Meu pai!".

Hanokh chegou junto dele e disse: "Meu filho! Aqui estou. Por que veio até mim?".

Ele respondeu: "Eu o procurei por causa de algo que me perturba, um fenômeno inquietador. Escuta, meu pai! Nasceu um filho do meu filho Lamec, mas a sua forma e a sua natureza não se parecem com as de um homem. A cor do seu corpo é mais branca do que a neve e mais corada do que a rosa, os cabelos da sua cabeça são mais alvos do que a lã branca e seus olhos são como os raios do Sol. Quando ele abre os olhos, eles iluminam toda a casa. Ele se levantou entre as mãos da sua parteira, abriu a boca e louvou ao Santo dos céus. Mas seu pai, Lamec, teve medo e fugiu para junto de mim, não acreditava que fosse seu filho, mas sim uma reprodução das sentinelas dos céus. Assim, eu vim encontrá-lo para saber de você a verdade".

Então Hanokh respondeu: "O Santo e Grande Rei deseja criar algo novo sobre a Terra. Eu já tinha visto isso numa visão e sobre ela já lhe falei a respeito: no tempo do meu pai, Yered, algumas das sentinelas dos céus transgrediram o mandamento do Santo. Sim, eles cometeram um pecado e desobedeceram à Lei. Misturaram-se com mulheres e pecaram com elas, casaram-se com algumas delas e geraram filhos. Virá agora uma grande destruição sobre toda a Terra, acontecerá um dilúvio e imensa ruína durante um ano. Esse filho que nasceu entre vocês será preservado sobre a Terra, e com ele os seus três filhos se salvarão, enquanto todos os demais homens morrerão. Ele e seus filhos serão salvos. Aqueles haviam gerado gigantes sobre a Terra, não segundo o sopro de vida, mas sim segundo a carne. Assim, um grande castigo recairá sobre a Terra e esta será lavada de toda a imundície. Diga, porém, ao teu filho Lamec que o recém-nascido é realmente filho dele! E que ele lhe dê o nome de Noach, pois ele é o sinal de descanso e com os seus filhos se salvará da destruição que acontecerá sobre toda a Terra, por causa de todos os pecados e de toda a impiedade praticada nos seus dias na Terra".

Metusélah volta com respostas

Depois que Metusélah escutou as palavras de seu pai, voltou e transmitiu tudo a Lamec.

Este se confortou, deu ao filho o nome de Noach e disse: "Este haverá de ser o consolo da Terra, depois de toda a destruição".

E Metusélah instruiu seu filho, Lamec, a criar Noach no caminho da justiça, com os ensinamentos que Hanokh, seu pai, havia passado para ele e ele havia passado para Lamec. Tudo sobre o Grande Rei dos céus, suas leis e seus estatutos, o pecado das sentinelas dos céus, que abandonaram seu estado original para habitar com os homens, casando-se com mulheres. Sobre a maldade que eles praticaram na Terra com seus filhos e sobre a grande destruição que viria sobre o mundo por causa da maldade destes e da maldade que eles ensinaram aos homens.

Os três filhos de Noach

Noach guardou tudo que aprendeu em seu coração enquanto crescia, aproximando-se da justiça que vem do Santo Rei dos céus.

Ele também andou com os santos em seus dias, como seu pai, Hanokh, e não teve filhos até completar 500 anos. Noach se casou e sua mulher deu à luz um filho para ele, a quem ele chamou de Shem. Passado algum tempo, ela engravidou novamente e lhe deu outro filho, a quem ele chamou de Ham. Mais uma vez ela engravidou e lhe deu outro filho, e ele o chamou de Yefet.

Noach estava lavrando suas terras, quando ele viu Uri'el vindo à sua presença, voando como uma águia.

Uri'el disse a ele: "Esconda-se!" e contou tudo o que estava prestes a acontecer e como ele poderia escapar das águas da inundação.

Então ele pegou sua mulher e seus filhos e se afastou dos filhos dos homens.

Durante 100 anos, Noach ficou separado dos filhos dos homens, construindo uma arca, com o auxílio dos santos.

No período em que Noach construía a arca, Uri'el disse a ele: "Vá até a casa de seus parentes e separe uma esposa para seu filho, Shem".

Pela segunda vez Uri'el disse: "Vá mais uma vez no meio de seus parentes e separe uma esposa para seu filho, Ham".

E veio Uri'el pela terceira vez e disse: "Vá só mais essa vez no meio de seus parentes e se despeça de seu pai, Metusélah, pois ele morrerá em boa velhice e descansará com seus antepassados. E lá escolha uma esposa para seu filho, Yefet".

Metusélah morreu dias antes do dilúvio e faltaram apenas 30 anos para se completar um dia perfeito, pois para o Santo Rei um dia é como mil anos, e mil anos dos homens é como um dia para ele.

CAPÍTULO IV

OS ENVIADOS

As sentinelas da justiça

Até então, o Ancião de dias ainda não havia se manifestado em sua congregação para punir as sentinelas que desertaram e causaram o mal.

E as justas sentinelas dos céus: Mikha'el, Gavri'el, Rapa'el, Suri'el, Uri'el, Fanu'el e Ra'uel olharam desde os céus e viram a quantidade de sangue que era derramada na Terra, toda a iniquidade que era praticada sobre ela e disseram uns aos outros: "Esta é a voz de seus clamores. Foram tirados seus filhos da Terra e ela tem clamado até os portões do céu. E agora, ó Santo dos céus, as almas dos homens estão se queixando, dizendo: Obtenha justiça para nós, ó Altíssimo".

Então eles disseram ao seu Rei, o Santo e todo poderoso: "Você é o Rei dos reis e o Poder dos poderes, o Santo dos céus. O trono de sua glória é para sempre, e para sempre seja seu nome santificado e glorificado. Você fez todas as coisas, você possui poder sobre todas as coisas, e todas as coisas estão abertas e manifestas diante de sua presença. Você vê tudo, e nada pode se esconder de sua face. Você viu o que Azazel tem feito, como ele tem ensinado toda espécie de iniquidade sobre a Terra e tem aberto ao mundo todas as coisas secretas que são feitas nos céus. Shemyazah também tem ensinado feitiçaria, malefícios e bruxaria para os homens poderosos, os que têm autoridade sobre os justos. Eles têm se aproximado das filhas dos homens, têm se deitado com elas, têm se contaminado e têm descoberto crimes a elas. As mulheres, igualmente, têm gerado gigantes. Assim, toda a Terra tem se enchido de sangue e iniquidade. Agora, veja que as almas daqueles que estão mortos clamam, queixam-se até o portão do céu. Seus gemidos sobem, nem podem eles escapar da injustiça que é cometida na Terra. Você conhece todas as coisas, antes de elas existirem. Também sabe o que tem sido feito por eles. Mas não fala para nós como agir. O que devemos fazer contra eles?".

Uri'el

Então o Altíssimo, o Grande e Santo, falou, dizendo: "Uri'el, vá ao filho de Lamec, diga a ele em meu nome: Esconda-se. A consumação está preste a acontecer, toda a Terra perecerá, as águas do dilúvio virão sobre toda a Terra e todos os que estão nela serão destruídos. E agora, ensina-o como ele pode escapar e como sua semente pode permanecer em toda a Terra".

Então Uri'el chegou à presença de Noach e disse: "Noach, homem justo! Fui enviado à sua presença para avisá-lo, o fim de toda a carne está chegando, perante o Santo Rei dos céus, porque a Terra está cheia de violência e os homens sumirão com ela. Esconda-se e faça para você uma arca com madeira de gofer, faça compartimentos nela e a revista com betume por fora e por dentro. As medidas serão as que eu lhe passar. Faça uma janela em cima e uma porta do lado, a arca terá três andares. Animais serão levados até você, dois de cada espécie, e você os fará entrar na arca para que sejam preservados com você e seus três filhos, sua mulher e as mulheres de seus filhos. O Santo Rei dos céus estabelece uma aliança com você para sempre. Você herdará a Terra com seus filhos. Junte todo tipo de alimento para mantimento, para você e sua família e todos os animais que entrarem com você na arca".

Gavri'el

A Gavri'el ele disse: "Vá aos bastardos, aos que demonstram maldade, os tiranos e infames, os rejeitados, os filhos da fornicação. Vá até eles e destrua os filhos da rebeldia. Destrua a descendência das sentinelas dentre os homens, atraia-os e incite-os uns contra os outros. Faça-os brigar entre eles mesmos, para que caiam pelas espadas uns dos outros, pois o prolongamento de dias não será deles. Eles pedirão insistentemente por ajuda, mas seus pais não obterão seus desejos com respeito a eles, pois eles esperaram por vida eterna. E que eles possam viver, cada um, 500 anos".

Então Gavri'el desceu e causou uma confusão no meio deles e eles começaram a guerrear uns com os outros. Assim, os gigantes e seus filhos atacaram um ao outro, e estes atacaram os monstros, e os monstros atacaram os filhos dos homens, e todos se mataram pela guerra, que durou 100 anos.

Rapa'el

O Santo Rei disse a Rapa'el: "Amarra as mãos e os pés de Azazel e lança-o na escuridão. E abrindo o deserto, jogue-o dentro. Arremesse sobre ele pedras agudas, cobrindo-o com escuridão, lá ele permanecerá para sempre. Cubra sua face para que ele não possa ver a luz. E no grande dia do julgamento, lance-o ao fogo, restaure a Terra, a qual os guardiões corromperam e anuncie vida a ela, para que eu possa recebê-la. Os filhos dos homens, e sua descendência, não morrerão para sempre em consequência de todo segredo pelo qual as sentinelas têm destruído o mundo e pelo que eles ensinaram aos homens. Toda a Terra tem se corrompido pelos efeitos dos ensinamentos de Azazel. Portanto, todo o crime será colocado na conta dele. E todo pecado que for lavado perante os homens será jogado em culpa para Azazel no deserto, pois para ele não há remissão de pecados".

Mikha'el

A Mikha'el, igualmente o Altíssimo disse: "Vá e anuncie seus próprios crimes a Shemyazah e aos outros que estão com ele, os quais têm se associado às mulheres para que se contaminem com toda a sua impureza. E quando todos os seus filhos forem mortos, quando eles virem a perdição dos seus bem-amados, amarre-os por 70 gerações debaixo da terra, até o dia do julgamento e da consumação, cujo efeito, que dura para sempre, será completado. Então eles serão levados para as mais baixas profundezas do fogo em tormentos. Lá eles serão presos em isolamento para sempre. Depois disso, Shemyazah, com os outros, queimará e perecerá. Eles serão amarrados até a consumação de muitas gerações. Destrua todas as almas viciadas na luxúria e a descendência das sentinelas, pois eles tiranizam a humanidade. Que todo opressor pereça na face da Terra, que toda má obra seja destruída. Que a semente da justiça e da retidão apareça e o que é produtivo torne-se uma bênção. Justiça e retidão serão plantadas para sempre com prazer".

CAPÍTULO V

O DILÚVIO

A guerra dos deuses

A Terra estava organizada em reinos unidos em um único propósito e todas as questões deles eram debatidas em uma assembleia para resolver suas questões.

Eles esperavam viver e governar eternamente e não havia justiça na Terra em favor dos homens. Os homens, igualmente, estavam corrompidos e seus pensamentos eram maldade constantemente.

Foram enviados para a Terra alguns ajudantes celestiais para falar com os 200 guardiões, eles disseram: "Vocês estão praticando abominações na Terra, pois se unem com mulheres e elas geram gigantes, e estes se unem corpo a corpo um com o outro, se deleitando nas impurezas e no sangue dos filhos dos homens".

Então os 200 guardiões pegaram os ajudantes celestiais e os prenderam com correntes.

Os próprios líderes das sentinelas desceram para ver o que havia acontecido, foram quatro deles: Mikha'el, Gavri'el, Rapa'el e Uri'el.

Os guardiões viram eles chegando e ficaram amedrontados e preocupados.

Eles assumiram forma de homens e se esconderam.

A esposa de Ohya estava grávida e deu à luz um filho para ele, a quem chamou de Lehilachem, pois disse: "Estamos lutando contra o exército dos céus pela sobrevivência".

Os quatros príncipes viram que os guardiões haviam se escondido e atraíram metades deles para leste e a outra metade para o oeste.

Os habitantes de Aryan-vezan haviam construído armas poderosas e, para combater os príncipes celestes, entregaram ao exército dos guardiões.

Então eles saíram das quatros enormes montanhas em direção ao monte Sumeru, de 32 cidades, inclusive da cidade de Aryan-vezan, os especialistas nas artes e ofícios, estes utilizaram suas Vimanas.

Eles foram para a luta. Os guardiões e seus filhos, liderados por Shemyazah, travaram uma dura batalha contra os quatros príncipes e estavam conseguindo manter a batalha, até que os príncipes utilizaram fogo, nafta e enxofre que descia do céu.

As rajadas que descem do céu chegavam a petrificar tudo o que estava à sua volta, animais, árvores, erva verde e até os maquinários utilizados pelos guardiões.

Morreram muitos e sobrou cerca de um quarto deles, e os guardiões voltaram derrotados.

Durante a batalha, um deles havia dito: "Eu sou um gigante e, pela poderosa força de meu braço, e minha poderosa força, qualquer mortal se humilhava quando eu fazia guerra contra eles, mas eu não sou capaz de enfrentá-los, pois os meus oponentes residem nos céus" e saiu fugido do campo de batalha.

Naquele dia morreram 400 mil, e os guardiões velaram seus mortos.

O lamento e a divisão

Ohya disse a seu irmão: "Levante-se e vamos velar nossos mortos, nosso pai mandou que liderássemos o cortejo fúnebre. Lembra as palavras que demos na batalha, com todos os gigantes juntos? Não é a fúria do leão, mas o seu bando que lhe dá força; não é a nitidez da lâmina, mas a força do boi; não é a leveza da águia, mas o equilíbrio de suas asas; não é de ouro que se faz uma estátua, mas do bronze polido; não é o orgulho dos governantes, mas o diadema que está em suas cabeças; não é o esplêndido cipreste, mas a altura das montanhas que faz sua glória; não é aquele que se envolve em briga, mas aquele que é verdadeiro em seu discurso; não é o fruto que é mal, mas o veneno que existe nele; não são os que são colocados nos céus, mas o rei de todos os mundos que colocou-os lá; não é o servo que está orgulhoso, mas o senhor que está por trás dele; a palavra não é daquele que foi enviado, mas de quem enviou".

Hahya disse a seu irmão: "Tive uma visão no meu sono, vi aqueles que choravam pelas ruínas que lhe haviam acontecido, cujos lamentos e gritos subiam até os céus. Também vi outro lugar, onde tiranos e governantes que viveram em pecado estavam reunidos em grandes números. Quando passaram essas coisas, eles reuniram sua assembleia para debater suas questões, pois estavam bastante assustados com os acontecimentos anteriores, mas uns falavam de uma forma e outros de outra. A assembleia caiu em confusão devido ao pavor que veio sobre todos eles. Até que um deles tomou a voz e disse: Shemyazah não se vangloriava com seus filhos, dizendo que derrotaram o leviatã? Todos nós o seguimos para a morte, pois pensávamos que ele teria chance contra os enviados dos céus, e agora estamos derrotados e humilhados. A partir de agora, que seja cada um por si, para que cada um de nós busque seu próprio meio de sobreviver".

E após essas palavras, todos eles começaram a agir por conta própria e abandonaram a liderança de Shemyazah.

A guerra dos 100 anos

O Ancião de dias olhou desde os céus e disse: "Gavri'el, incite uns contra os outros para que haja desavença no meio deles".

Gavri'el desceu e causou uma confusão, então eles começaram a atacar o seu vizinho e a usurpar os tronos de seus senhores com assassinatos e intrigas.

Lehilachem disse: "Sou imbatível nas artes da guerra e como o Sol queimo tudo o que está em meu alcance" e mudou seu nome para Milchamá.

Naqueles dias houve rebeliões internas: filhos mataram seus pais para se sentarem em seus tronos e os pais mataram seus filhos.

Os gigantes atacaram um ao outro, depois atacaram os monstros, e estes atacaram os gigantes. Ambos atacaram os filhos dos homens, que estavam em desigualdade.

A guerra perdurou por 100 anos, tempo suficiente para extirpar o domínio dos bastardos das sentinelas, restando apenas poucos deles e dando fim aos principados da Terra naquele tempo.

Eles tinham conhecimento sobre a ciência dos céus, por isso a Terra foi bastante afetada com a guerra deles. Houve muita destruição com a violência das batalhas e os filhos dos homens lutaram com eles. As sentinelas assistiram a todos os acontecimentos sem que pudessem interferir.

A prisão dos guardiões

Quando cessou a guerra, o Santo disse a Rapa'el: "Chegou a hora!".

E ele desceu como um relâmpago em sinal de justiça e prendeu Azazel.

As sentinelas viram Rapa'el chegando e ficaram atemorizadas.

Depois o Santo disse a Mikha'el: "Prenda-os todos no lugar da condenação, deixe-os encarcerados em lugares separados até o dia do juízo, quando o efeito que dura para sempre será completado".

Disse mais o Santo Rei: "Onde quer que o sopro de vida das descendências das sentinelas se separe de seu corpo, que sua carne fique sem julgamento. O sopro do mal procederá deles e eles serão chamados de almas que atormentam sobre a Terra. A habitação do sopro celeste está nos céus, mas a habitação do sopro terrestre será na Terra. Pois eles foram feitos da Terra, das sentinelas e dos céus. Eles vagarão na Terra até o dia da condenação e deles procederão as doenças para atormentar os homens nos dias dos pecadores. E meu fôlego de vida não pode permanecer para sempre no homem, pois estes são carne. Que seus dias sejam limitados em 120 anos".

Disse ainda o Santo, o Rei dos céus: "Que se abram as comportas do céu e se faça chover na Terra. E que jorre água das fontes do abismo".

A partir desse momento, o Sol se tornou negro e a Lua, vermelha como sangue. As estrelas não deram suas luzes e o céu se manteve em silêncio.

Noach entra na arca

Então Uri'el pediu para que Noach entrasse na arca.

E Noach entrou com toda a sua família e todos os animais que foram levados à sua presença. Uri'el fechou a porta da arca por fora.

Toda a Terra tremeu, houve terremotos em vários lugares, o fogo jorrou do abismo, as águas começaram a subir e prevalecer sobre a Terra. Sete portões do céu foram abertos e as sete fontes do abismo jorraram águas durante 40 dias.

Morreram todos os homens da face da Terra, como também todo animal e tudo que respirava.

Sobrou apenas Noach e os que estavam com ele na arca.

As cidades deles foram varridas pelas águas e tudo foi soterrado.

As águas prevaleceram durante cinco meses e cobriram até as montanhas mais altas da Terra.

Então o Santo Rei dos céus se lembrou de Noach e de todos que estavam com ele na arca e enviou um vento forte para escoar as águas.

Disse o Santo Rei, o Altíssimo: "Que se fechem as comportas do céu e que as fontes do abismo cessem de jorrar água. Que um vento forte passe pela Terra e que todas as bocas do abismo se abram para escoar as águas e fazer a Terra habitada novamente".

A arca repousou sobre o topo de Lubar, uma das montanhas de Ararat, e as águas foram baixando até aparecerem os cumes dos montes mais altos da Terra.

Noach esperou 14 dias e enviou uma pomba, que voltou com uma folha de oliveira no bico, e assim ele reconheceu que as águas haviam secado.

Quando se completou um ano, exatamente como Hanokh havia anunciado, no dia primeiro do primeiro mês, as águas secaram totalmente e Noach tirou a cobertura da arca e viu que a face da Terra estava enxuta.

Noach sai da arca

No dia 27 do segundo mês a Terra estava totalmente seca, e o Santo Rei dos céus disse a Uri'el: "Vá e anuncie a Noach, filho de Lamec, em meu nome. Diga a ele: Saia da arca com toda a sua família, sua mulher, seus filhos e as mulheres de seus filhos, todo animal que está com você, as aves, os gados, os répteis e tudo que caminha e rasteja sobre a Terra. Traga-os para fora com você e povoem abundantemente a Terra, frutifiquem e multipliquem-se sobre ela".

Então Noach saiu da arca, ele sua mulher, seus filhos e as mulheres de seus filhos, também os animais, cada um de acordo com suas espécies separadas, e assim todos saíram para habitar terra seca.

Noach edificou um altar naquela montanha em homenagem ao Altíssimo e fez expiação pela Terra, por toda a culpa da Terra, porque tudo que havia existido nela havia sido destruído, menos os que estavam com ele na arca.

Nenhum homem foi aceito salvo antes do dilúvio, apenas Noach, e por causa dele seus filhos, pois seu coração era justo e todos os seus caminhos apontavam em favor dele.

Ele não havia se desviado de nada que lhe havia sido ordenado.

Ele colocou a gordura sobre o altar, tomou um boi, uma cabra, um carneiro, filhotes, sal, uma rolinha e um filhote de rolinha, pôs um holocausto no altar e derramou nele uma oferta amassada com azeite e polvilhada de vinho e incenso espalhado sobre tudo. Subiu um aroma agradável e aceitável na presença do Santo Rei dos céus, que sentiu o doce e suave aroma e disse em seu coração: "Não voltarei a amaldiçoar a Terra por causa do homem, porque o coração do homem é mal desde criança, e não ferirei mais qualquer ser vivo como fiz. A semente crescerá, inverno e verão, dia e noite não cessarão".

Enviou Uri'el até a presença de Noach, para anunciar uma aliança com ele, e disse: "Que você cresça e se multiplique sobre a Terra e que os homens se tornem muitos sobre ela. Colocarei pavor e temor sobre tudo que há sobre a Terra e no mar, e eles fugirão da sua presença. Eu lhe tenho dado todos os animais da selva e domésticos, todas as aves e peixes, assim como toda erva verde, para que você se alimente dessas coisas. Mas carne com vida, com o sangue você não deve comer, porque a vida de toda carne está no sangue. Qualquer um que derramar sangue humano terá seu sangue derramado, porque à sua própria imagem o Santo Rei criou Adam".

Noach e seus filhos fizeram um juramento na presença do Santo Rei para sempre em suas gerações, eles disseram: "Nós todos juramos que não comeremos carne que estiver com o sangue nela, nem derramaremos sangue de nossos vizinhos. E esses ensinamentos passaremos a nossos filhos".

Então o Santo Rei enviou um arco entre as nuvens como sinal de que não enviaria novamente um dilúvio sobre a Terra.

CAPÍTULO VI

OS PRIMEIROS TEMPOS

A maldição de Knaan e a separação das famílias

Noach plantou uma vinha em Lubar, uma das montanhas de Ararat, onde a arca havia repousado.

Três anos depois ela produziu frutos e Noach guardou os frutos delas. Ele foi acumulando até que fez vinho delas, colocou-o em vasos e conservou-o durante um ano.

Então ele se alegrou e fez uma festa em homenagem ao Altíssimo, com sacrifício e ofertas queimadas, sobre o holocausto: uma expiação por ele e seus filhos. Essa foi a primeira festa da colheita celebrada na Terra.

Ele festejou o dia todo e bebeu de seu vinho com seus filhos, já era noitinha quando foi se deitar em sua tenda e pegou no sono.

Ham, seu filho, foi até a tenda de seu pai e viu que ele estava dormindo descoberto e estava nu.

Então saiu e foi falar a seus dois irmãos, Shem e Yefet. Estes pegaram um lençol e, andando de costas, cobriram seu pai.

Noach ficou sabendo do que aconteceu e ficou furioso com seu filho, Ham, pois tinha visto a sua nudez, e disse: "Maldito seja Knaan, um servo e escravo de seus irmãos ele se tornará.

Bendito o Santo Rei de Shem e que Knaan seja seu servo. Que o Santo Rei engrandeça Yefet e habite as tendas de Shem e que Knaan seja seu servo".

Ham soube que seu pai havia amaldiçoado seu filho, Knaan, e ficou descontente. Ele pegou seus filhos: Kush, Mitzráyn, Puwt e Knaan e se separou de seu pai.

Então ele construiu uma cidade para ele a sul de Lubar e chamou pelo nome de sua esposa. Foram chamados de povo Hamita.

Yefet viu tudo o que aconteceu, ficou com inveja de seu irmão e disse: "Esta é a sua recompensa por seu erro?".

Então ele pegou seus filhos: Gomer, Magog, Madai, Yavã, Tubal, Meshek e Thiras, desceu e construiu uma cidade para ele a oeste de Lubar. Também a chamou pelo nome de sua esposa. Esses foram chamados de Yeftas.

Mas Shem habitou com seu pai, ele construiu uma cidade ali mesmo em Lubar e habitou com sua esposa e seus filhos. Estes são os filhos de Shem: Elam, Ash'hur, Aparkshad, Luwd e Harã. Os filhos de Shem são o povo shemita.

Qeynan e o conhecimento proibido

Algum tempo depois desses acontecimentos, Aparkshad casou-se com a filha de Susã, filha de Elam, e ela deu à luz um filho para ele, a quem chamou de Qeynan.

Ele cresceu e seu pai o ensinou a escrever. Qeynan casou--se com a filha de Madai, filho de Yefet, e ela deu à luz um filho para ele. Ele o chamou de Shelá.

Depois ele saiu para procurar um vale para habitar Ararat.

Estando ele caminhando em uma região distante, encontrou uma escritura que gerações antigas haviam esculpido em rocha. Ele copiou tudo e pecou por causa disso, porque aquela escrita continha ensinamentos das sentinelas dos céus, que eles usavam para observar os preságios do Sol, da Lua e das estrelas em todos os sinais celestes.

Ele anotou tudo e, quando retornou de sua viagem, escondeu o escrito. Ele não falou nada a respeito para seu avô, Noach, pois sabia que Noach ficaria zangado com ele.

Noach, o pregador da justiça

Noach via que sua descendência estava se multiplicando e já era bem numerosa em povo, por isso começou a ensinar aos filhos de seus filhos as ordens, os mandamentos e todos os juízos que ele conhecia.

E alertou para que seus filhos seguissem esses ensinamentos e todos os juízos que ele conhecia. Ele disse: "Cubram a vergonha de sua carne, meus filhos; bem digam ao Criador, o Santo Rei; honrem seu pai e sua mãe; amem seus vizinhos e guardem suas vidas da fornicação, da impureza e de toda iniquidade. Porque devido a essas coisas o Santo Rei trouxe a destruição ao mundo. As sentinelas dos céus, contra a lei e suas ordens, se prostituíram com as filhas dos homens, tomaram esposas e começaram a impureza. Dessa impureza eles geraram gigantes, e os homens estavam em desigualdade. Também se voltaram para praticar o pecado contra os animais de todas as espécies. Eles geraram monstros, que tinham todo tipo de aparência, e a injustiça prevaleceu sobre a Terra. Todo desejo e imaginação dos homens era maldade a todo tempo. E o Santo enviou a espada para o meio deles e cada um deveria matar seu companheiro. Depois enviou o dilúvio para lavar a Terra de toda injustiça praticada. Agora vejo, meus filhos, que as almas do sopro imundo daqueles gigantes e monstros estão seduzindo vocês e seus filhos. E agora estou com medo de que, depois de minha morte, vocês derramem sangue humano na Terra e vocês também sejam varridos do meio dela. Porque todo aquele que derramar sangue humano e todo aquele que comer carne com o sangue será eliminado do meio da Terra".

Quando Shelá cresceu, o seu pai também o ensinou a escrever. Ele casou-se com a filha de Kesed, seu tio, e ela deu à luz um filho para ele, chamado de Heber.

Heber cresceu e os homens ainda não haviam dividido nem se espalhado pela Terra. As famílias moravam umas próximas das outras, nas cidades ao redor de Lubar, na terra de Ararat.

Heber se casou com a filha de Nebrod e ela engravidou.

A Terra é repartida por herança

O Santo Rei dos céus enviou novamente Uri'el à presença de Noach e disse a ele: "Eis que vocês estão numerosos em povo, por isso, reparta a Terra entre seus três filhos, e que eles repartam entre os filhos deles, para que a Terra seja dividida entre suas famílias e eles povoem e encham a Terra".

Então Noach fez um escrito, repartiu em três partes e colocou sobre seu peito. Seus três filhos e os filhos de seus filhos se aproximaram.

Shem, Ham e Yefet pegaram um pedaço cada um, cada pedaço continha o nome e o lugar de suas terras. Assim, a Terra foi dada por herança a seus três filhos e suas famílias, na presença do enviado do Santo Rei dos céus.

Mas os filhos de Noach e suas famílias continuaram morando nas cidades que eles haviam feito para eles.

Eles não foram para as terras de suas heranças nem repartiram para seus filhos, ficaram ali em Ararat, onde era o centro do mundo naquela época.

A mulher de Heber deu à luz um filho, e ele o chamou Palag, porque disse: "A Terra foi dividida por herança aos filhos dos homens apesar de eles estarem ainda na terra de Ararat, convivendo em suas cidades".

As almas do sopro maligno

Ora, as almas do sopro maligno começaram a seduzir os descendentes de Noach, fazendo-os errarem e os destruindo.

Eles invadiram e atacaram as principais cidades de Ararat.

E seus filhos foram até Noach, seu pai, e lhe contaram a respeito desses seres imundos que estavam seduzindo os filhos deles, cegando e matando seus netos.

Então Noach orou ao Santo Rei dos céus e disse: "Ó, Rei dos céus, dos poderes celestes e de toda carne, que mostrou misericórdia a mim e minha família nos livrando do dilúvio, você não permitiu que eu fosse morto como os filhos da perdição porque sua graça tem sido grande para mim, e grande tem sido sua misericórdia na minha vida. Permita que sua graça alcance meus filhos e não permita que esses seres malignos os governem, de modo que os destruam da Terra. Mas abençoe a mim e a meus filhos, para que possamos multiplicar e encher a Terra. Você sabe o que as sentinelas, os pais desses seres malignos que possuem o sopro do mal, fizeram em meus dias. Peço que os prenda e detenha esses seres que estão vivos no lugar de condenação, não permita que eles levem a destruição aos filhos de seu servo, ó, minha força! Esses que possuem o fôlego da Terra são malignos e criados para destruir. Não permita que eles tenham domínio sobre os justos de agora e para sempre".

Então o Santo Rei dos céus enviou Rapa'el e disse a ele: "Prenda todos os Djinns no lugar da condenação".

E Rapa'el começou a aprisionar todos eles no abismo.

Heil'el, o adversário, não concordava com a mistura do sopro com a matéria, mas viu uma oportunidade e lhe veio uma ideia.

Ele foi até a presença do Ancião de dias e pediu: "Ó, Santo Rei dos céus, permita que alguns desses Djinns fiquem sob meu domínio, para fazerem minha vontade. Porque se nenhum deles for deixado sob meu domínio, não conseguirei impor minha vontade sobre os filhos dos homens, pois eles não estão sob meu julgamento e grandes são suas maldades".

Então o grande e Santo falou a Rapa'el, dizendo: "Deixe que a décima parte fique sob o domínio dele e que nove partes desçam até o lugar da condenação".

E disse a Uri'el: "Vá e ensine a Noach, filho de Lamec, como ele pode escapar dos ataques e das doenças destes".

Então Uri'el foi até ele e disse: "Escreva tudo que eu te disser, para que você e seus filhos possam eliminar as doenças e se livrar dos ataques dos Djinns malignos" e ensinou todas as medicinas de suas doenças e como ele poderia curar as doenças com ervas da terra.

Noach anotou tudo em um livro, todo tipo de medicina que lhe havia sido ensinado e guardou para si.

CAPÍTULO VII

A DIVISÃO

A torre de Babel

Nos tempos de Palag, os homens se rebelaram. Kush, filho Ham, tinha um filho chamado Nimrod, este era um homem valente e caçador e os homens começaram a segui-lo naquele tempo.

Ele encontrou um vale fértil na terra de Shinar e teve a ideia de construir uma cidade e uma torre com o propósito de que os homens não fossem espalhados pela Terra.

Ele disse: "Vamos construir uma cidade com uma torre altíssima, que chegue até os céus. Dessa forma, o nosso nome será honrado por todos e jamais seremos espalhados pela face da Terra!".

Então eles partiram de Ararat para a terra de Shinar e começaram a edificar a torre.

Ora, naquele tempo já havia corrido a notícia de que os homens deveriam se espalhar em suas terras de acordo com suas famílias.

Mas a maioria não concordava com essa ideia e criaram resistência.

Palag disse: "Eis que os homens se uniram e tornaram-se maus, com um propósito maligno de construir uma cidade e uma torre". Então deu o nome de seu filho R'e Íuw.

Eles começaram a construção, fizeram tijolos com barro queimado no fogo que serviam como pedras e eram cimentados com barro misturado no betume que provém do mar e das fontes das águas, na terra de Shinar.

Foram 43 anos de construção.

Então o Ancião de dias, o Santo, disse no meio de sua assembleia: "Olhem para a Terra e vejam por vocês mesmos! Eles se reuniram como um povo só e começaram a agir, agora não há nada que eles não possam fazer. Faremos isto: desceremos e confundiremos o idioma deles, dessa maneira eles não conseguirão entender quando o outro falar e se espalharão em cidades e nações. Esse propósito não irá prosperar até o dia do julgamento".

A criação das línguas dos povos

E o Santo Rei dos céus desceu com Mikha'el, Rapa'el, Gavri'el e Uri'el e viram a torre e a cidade que os homens haviam construído.

E disse o Santo dos céus: "Que a língua deles seja confundida e que cada família na Terra fale um idioma diferente. E assim, que se espalhem na Terra de suas heranças e que a língua da criação não seja falada na boca deles".

Imediatamente as línguas se confundiram e um não entendia mais o que o outro dizia, a partir daí eles pararam de construir a torre.

O Santo Rei dos céus fez soprar um vento forte que derrubou a torre abaixo e tudo que estava embaixo foi destruído.

Assim, os homens começaram a se espalhar na Terra, de acordo com suas famílias, e se formaram os povos e as línguas da Terra.

Ham e seus filhos partiram de Ararat e foram para a terra que eles deveriam habitar, a qual eles receberam por herança, nas terras do sul.

Knaan viu que a terra do Líbano até o rio Nilo era muito boa e ele não foi para a terra de sua herança, pelo contrário, ficou habitando a terra do Líbano, a leste e a oeste das margens do rio Jordão e das margens do mar.

Ham, seu pai e seus irmãos, Kush e Mitzráyn, disseram para ele: "Você se estabeleceu em uma terra que não é sua e não foi sorteada para você, não faça isso. Você e seus filhos serão perseguidos e mortos nessa terra e serão amaldiçoados, porque por uma revolta vocês se estabeleceram e por uma revolta seus filhos serão exterminados. Não habite uma terra que foi sorteada para Shem e para seus filhos. Maldito seja entre todos os filhos de Noach pela maldição que juramos para nós na presença do Santo juiz e na presença de Noach, nosso pai".

Mas ele não deu ouvidos a seu pai nem a seus irmãos e ficou habitando ali, desde a terra que ele deu a seu filho, Chamathiy, até a entrada da terra de Mitzráyn, seu irmão.

E por essa razão aquela terra foi chamada de Knaan.

Yefet e seus filhos também partiram de Ararat e foram para a terra que eles receberam por herança, em direção ao mar, e se estabeleceram ali.

Madai viu sua terra do mar e não gostou dela, então voltou, pediu uma porção para Elam, Ash'hur e Aparkshad e habitou a terra da média. Ele chamou seu local de habitação de Média, por causa de seu nome, Madai.

Shem e seus filhos continuaram morando naquela região, pois toda aquela Terra pertencia a eles por herança.

Shem repartiu a Terra para seus filhos de acordo com suas heranças e continuou morando em sua cidade, em Ararat.

O início das guerras

R'e Íuw cresceu e quando completou 32 anos de idade casou-se com a filha de Ur, filho de Kesed, e ela deu à luz um filho, que foi chamado pelo nome de Seroh.

Foi nesse tempo que a descendência de Noach começou a guerrear uns com os outros: aprisionara o próximo; matar um ao outro; derramar sangue humano sobre a Terra; comer sangue e a construir cidades fortificadas, muralhas e torres.

Pessoas que se destacavam começaram a se proclamar líderes das nações e assim foi fundado o início dos reinos.

Foi o início das guerras: povo contra povo, nação contra nação, cidade contra cidade.

Todos começaram a fazer o mal, a adquirir armas e a ensinar seus filhos a arte da guerra.

Eles começaram a capturar cidades e a vender escravos e escravas.

E o Santo Rei dos céus, o Altíssimo, viu tudo o que acontecia e disse: "Os filhos dos homens me abandonaram, eles começaram a derramar sangue sobre a Terra e não têm nenhuma intenção de andar em meus caminhos e seguirem meus estatutos. Por isso, que eles sejam entregues ao engano de seus corações e que, a partir de agora, o adversário os seduza para a perdição. Os que se aproximarem de mim com um coração sincero, eu também me aproximarei deles".

CAPÍTULO VIII

A CULTURA DOS POVOS

Ur

Ur, o filho de Kesed, construiu a cidade de Ur dos caldeus e a chamou por seu próprio nome e pelo nome de seu pai. Eles fizeram para si mesmos imagens de fundição e cada um adorou o ídolo e a imagem de fundição que fizeram para si mesmos.

Também começaram a fazer imagens de escultura e obras imundas e a cidade de Ur foi a primeira cidade de adoração da Terra. Os homens a chamavam de "a cidade de adoração de Kesed".

Shelá era sacerdote dos caldeus e ele via os presságios do céu, de acordo com os sinais que aprendeu nos escritos de Qeynan, seu pai, e daí em diante foram passando esses ensinamentos de geração a geração.

Nesse tempo também os homens reconstruíram a cidade de Uruk, que era uma cidade de gerações antigas, um lugar em homenagem ao gigante Gilgamesh.

O adversário enviou seus Djinns, aqueles que foram colocados em suas mãos para fazer todo tipo de erro e pecado, todo tipo de transgressão, corrupção, destruição e assassinato.

E os homens começaram a seguir os Djinns enganadores e a sacrificar seus filhos a eles, abandonando de vez a aliança do

Santo Rei dos céus, que ele havia feito com Noach, em Lubar, na terra de Ararat.

Por essa razão R'e Íuw chamou Seroh de S'eruwg, porque todos passaram a fazer todo tipo de pecado e transgressão.

Yavan

Yavan filho de Yefet, foi para a terra de sua herança na costa do mar. Ele tinha um filho chamado Eliyshah. Este foi pai das tribos dos aqueus, jônios, eólios e dórios.

Eles foram para as terras da costa do mar Egeu, sua herança.

E lá eles acharam ruínas de um povo da antiguidade. Também encontraram escritos esculpidos em rocha, que continham ensinamentos antigos dos guardiões, e anotaram tudo para eles.

Eles se especializaram em conhecimentos sobre construções, medidas de precisão, anatomia humana, astronomia, plantavam suas lavouras e faziam adivinhações de acordo com os sinais do céu.

É daí também que vem o nome Hélade.

Os filhos de Yavan fizeram ídolos e imagens fundidas, escolhendo assim seus deuses e adorando ídolos que eram obras de suas mãos.

Depois eles fizeram como Nimrod e construíram templos e estátuas enormes para seus deuses e ídolos e postes para a deusa da prostituição, Asherah, esposa de Milchamá, filho de Ohya, filho de Shemyazah. Em sua língua eles a chamaram de Aphrodítê.

Mitzráyn

Mitzráyn é o Egito, e seus príncipes se proclamaram descendentes do Sol. Ele foi pai das tribos dos ludeus, dos anameus, dos leabeus, dos naftueus, dos patrusins, dos casluins e dos caftoreus. Esses habitaram o vale do Nilo, uma região fértil daquela terra.

Ali havia templos e escritos antigos e eles copiaram tudo para eles. Os escritos também eram ensinamentos das sentinelas dos céus, e eles adquiriram conhecimentos sobre astronomia, segredos de construção, sinais dos céus e misticismo.

Também havia um conto sobre a linhagem de um povo antigo.

As cidades deles se desenvolveram próximas àquelas construções, e a terra de Mitzráyn se tornou um reino poderoso rapidamente.

Eles construíram imagens fundidas e adoraram seus ídolos, que são obras de suas mãos.

Também esses povos se esqueceram daquele que é Santo e não se lembraram do bem que ele havia feito a seu antepassado, Noach, nem de suas ordenanças. Eles escolheram seus deuses para a adoração.

Depois as tribos dos casluins e dos caftoreus se uniram: os caftoreus construíram a cidade de Caftor, e os casluins migraram para lá e habitaram juntos aquela cidade. Tempo depois subiram para região de Gaza e habitaram ali; estes são os filisteus.

Aryan-vezan

Logo após todos abandonarem a liderança de Shemyazah e agirem por conta própria, os habitantes de Aryan-vezan começaram a usar seus recursos para que pudessem escapar do dilúvio.

Eles construíram vimanas, que subia tanto acima no céu quanto se movia pela superfície da Terra, ou abaixo das águas e abaixo da terra.

Eles fizeram compartimentos espaçosos abaixo da face da Terra e revestiram de materiais resistentes, ligados por passagens subterrâneas. Com o conhecimento da ciência dos céus e o conhecimento sobre os cinco elementos, eles fizeram câmaras de sobrevivência, que serviram para estacionamento de suas vimanas, depois colocaram alimentos e animais dentro delas e habitaram ali.

As estradas deles se espalham por cavernas e túneis, ligando todas as montanhas e lugares secretos da Terra.

Após as águas do dilúvio abaixarem, eles escolheram um lugar para habitarem, uma Terra em que quatro rios dividem sua área, formando quatro ilhas distintas, e em seu centro se encontra a montanha do mundo. Lá não se chega pela superfície da Terra, pois é cercada pelo grande mar do norte e por grandes montanhas, que servem como muralhas.

Eles habitam esta Terra, cujo céu brilha como a aurora.

E este lugar foi separado para eles até o dia da condenação. Lá também vivem os Djinns, inclusive os Djinns que se assemelham a rãs.

Como foi dito pelo Ancião de dias, o Santo Rei: "Eles esperavam por vida eterna, mas que cada um deles possa viver no máximo 500 anos e onde quer que seu sopro de vida se aparte de seu corpo, sua carne não terá julgamento e um sopro maligno procederá deles".

E por essa razão eles viveram 500 anos na carne até se transformarem em Djinns, que são o sopro terrestre.

Também foi dito por aquele que é Santo: "A habitação do sopro celeste está nos céus, mas a habitação do sopro terrestre será na Terra, pois eles foram feitos na Terra e das sentinelas dos céus".

É daí que vem o conhecimento dos povos referente à reencarnação, pois o povo aryano morreu e se transformou em Djinns, depois foi gerado outro corpo jovem, onde o sopro da Terra penetrou novamente e viveram assim em um ciclo, até chegar o dia da condenação.

Mas para os homens isso não é possível, pois aquele que é Santo toma para si o sopro da vida, pois pertence a ele a vida de todo homem.

Assim, só o sopro de vida do homem volta para o Santo Rei, pois é o sopro da vida e feito nos céus.

O povo de Aryan-vezan é dominador deste mundo, eles são os que seduzem e controlam os governantes da Terra, fazem parte do exército de Heil'el e suas hostes celestes, aqueles que habitam a cidade elevada.

Assim se divide o exército do adversário: os principados, as potestades e os poderes celestes.

Knaan

Alguns dos gigantes queriam viver no meio dos homens e se estabeleceram em Hérmon e de lá espalharam suas habitações na Terra.

Eles habitaram desde Hérmon, seguindo toda a região montanhosa de Gilead até o monte Seir, nome dado por Seir em homenagem a ele próprio.

Esses foram os que habitaram o vale dos gigantes no princípio: Ogue, Seir, Lotã, filho de Seir, Timna, filha de Seir, Hã, Melcon e Arba.

Por essa razão eles chamaram aquela região de vale dos gigantes, pois todos eles eram descendentes de gigantes.

Quando os filhos de Knaan se espalharam por aquela terra, eles se associaram com os gigantes e praticaram todo tipo de abominação, foi além da maldade, com seus sacrifícios humanos nos altares, fornicação, orgias sexuais, feitiçaria, adoração a ídolos e aos astros e tudo que os homens praticavam antes do dilúvio.

As cidades deles eram: Asterote-Carnaim e Basã, terras de Ogue; Hã, na terra dos zuzins; Savé Quiriataim, na terra dos emins; Seir, do monte Seir até a campina de Parã, terra dos horeus; En-Mispate, que é Cades; Hazazom-Tamar, terra dos amorreus, e Melcon; Qiryat-Arba e Qiryat-Sefer, terra dos anaquins, filhos de Arba.

Essas foram as principais cidades dos gigantes e seus reinos, e filhos nasceram para eles, espalhando-se por toda a terra de Knaan.

Nada passou despercebido e o Rei de todos os mundos sabia que alguns deles passaram a habitar aquelas terras, mas permitiu que eles ficassem ali por algum tempo.

Disse o Santo, o Altíssimo: "Uri'el, vá até Noach e peça que ele desça até Knaan, para que veja o vale".

Noach partiu de Ararat até próximo de Knaan e viu os gigantes que habitavam ali.

Disse Uri'el a palavra do rei: "Os descendentes das sentinelas dos céus habitam na face da Terra como no princípio, mas suas intenções não prosperarão para sempre, eles serão humilhados por povo que não é povo e cairão mortos pelas mãos dos mais fracos da Terra. Eu enfraquecerei suas forças e fortalecerei seus inimigos. Eu é que estarei por trás disso, para que sejam humilhados e destruídos, e suas intenções jamais prosperarão na Terra, como foi no princípio".

CAPÍTULO IX

NIMROD

O reinado de Nimrod

Depois do dia de derribada, os dias de Babel, Nimrod partiu dali e fundou a cidade de Ereque, depois fundou a cidade de Acade e algum tempo depois a cidade de Calné, e assim estabeleceu seu reinado na terra de Shinar.

Quando seu reinado estava estabelecido, ele partiu dali para o norte, para as terras de Ash'hur, filho de Shem, guerreou com eles e tomou aquelas terras.

Então fundou a cidade de Nínive, Reobote-Ir, Calá, e Ressem, a grande cidade.

E assim ele estabeleceu o primeiro reinado poderoso na Terra. Nínive era sua capital, chamada cidade de Nimrod.

Nimrod foi com seus homens até as terras de Arba, no vale dos gigantes. Ele lutou contra aquele povo, saqueou suas terras e subjugou a todos, depois feriu Arba, o chefe daquele clã de morte, e ele morreu no campo de batalha.

Anaq, filho de Arba, sepultou seu pai no mesmo local que ele havia morrido e disse: "Aqui será a casa de Arba, o maior guerreiro com honras desse povo".

Depois foi levar a notícia até Ogue, seu aliado. Ouvindo Ogue que Arba havia morrido, ficou furioso e lançou palavras de maldição contra Nimrod e se tornou seu inimigo.

A campanha de Nimrod até o vale dos gigantes

Um ano depois da primeira campanha, Nimrod marchou novamente em direção ao vale dos gigantes e alguns gigantes seguiram Nimrod como senhor, pois diziam: "Este homem é guiado pelos deuses, pois é vitorioso em todos os seus empreendimentos e em suas batalhas e conquistas. Todos querem ser como Nimrod, um poderoso caçador aos olhos dos deuses".

Quando Ogue soube por seus espiões que Nimrod marchava em direção ao vale dos gigantes, reuniu os gigantes aliados de suas terras do vale e montou seu exército.

Eles esperaram na entrada das colinas do vale dos gigantes, na direção das terras de Harã.

No momento em que Nimrod atravessava as terras de Harã, filho de Shem, com seu exército, Ogue vestia sua armadura e foi pronunciado um canto em sua homenagem dizendo: "No momento que se aproximava o exército de Nimrod, de 100 mil soldados, incluindo os gigantes que se converteram a Nimrod".

Anaq ajudou o rei a colocar toda a armadura de baal para que ele pudesse se posicionar contra as artimanhas do exército de Nimrod.

Ele manteve seus pés separados e sentou-se com seus lombos em cima da verdade dos gigantes que não se converteram a Nimrod.

Ele pôs o peitoral de baal da lua e tomou o escudo de baal das estrelas. O poderoso rei Ogue colocou o capacete de baal da vida após morte, pegou a espada de baal do sol, que ilumina a vida, e partiu para cercar o exército de Nimrod.

Mas Ogue e seu exército não puderam vencer Nimrod, eles disseram: "Eles descem até nossas terras como uma inundação" e começaram a fugir do campo de batalha.

O início do culto ao Sol

Nimrod voltou vitorioso e seu coração se encheu de orgulho. Ele se sentiu imbatível.

Ele disse: "Assim como o deus Milchamá, sou como o Sol que queima tudo que toca em sua volta" e se proclamou o deus Sol.

Ele começou a desafiar o Santo Rei abertamente com suas palavras e ações, edificou sua própria imagem para adoração, altares e templos e os homens daquelas terras foram forçados a adorá-lo e a lhe oferecerem honras e sacrifícios.

Babel foi apenas o começo e ele não pararia seu empreendimento.

Então ele voltou seus olhos para o sul, para as terras de Aparkshad, pois Ur, filho de Kesed, tinha fundado Ur, a cidade de adoração dos caldeus.

E para se defender da ofensiva de Nimrod, Ur se uniu às cidades de Quixe, Nipur, Lagaxe, Uruk e Eridu. Esse foi o princípio da Suméria.

Nimrod foi à direção daquela terra com seu exército, mas não conseguiram avançar, ouve uma grande batalha na fronteira e Nimrod voltou atrás para suas terras, pois ouviu a notícia de que um exército marchava para as terras de Ash'hur.

A morte de Nimrod

O Ancião de dias olhou dos céus e viu a maldade que Nimrod praticava e como ele o desafiava abertamente, por isso o impediu e decretou a sua morte.

Ele enviou Uri'el até a presença de Shem, filho de Noach, e disse a ele: "Vejo a maldade de Nimrod e como ele invade suas terras e subjuga seus filhos. Por isso, desça com os de sua casa e vá à guerra contra ele, pois eu o entreguei em suas mãos".

Então Shem reuniu os homens de sua casa e marchou até as terras de seu filho, Ash'hur, e matou Nimrod para não aumentar a maldade na terra.

Tempos antes Nimrod havia tomado sua própria mãe como mulher, ela acreditava ser mãe de um deus e se autodeclarou uma deusa.

Após a morte de Nimrod, ela se deitou com vários homens, praticando cultos sexuais.

Ela engravidou, deu à luz um filho e chamou de Tamuz. Ela disse: "Este é Nimrod, que, assim com o Sol, nasce de novo para brilhar acima dos homens".

Mas Tamuz morreu ainda moço e os acadianos se tornaram poderosos naquela região.

CAPÍTULO X

AVRAM

A primeira fome

S'eruwg cresceu e habitou Ur dos caldeus. Ele adorou ídolos e tomou para si uma esposa, a filha de Kaber, filha do irmão de seu pai.

E ela deu à luz Nahor, que cresceu e habitou Ur dos caldeus. Seu pai o ensinou a doutrina dos caldeus, a profetizar, a conjurar e a fazer adivinhações de acordo com os sinais do céu.

Então, ele se casou com a filha de Nestag dos caldeus e ela deu à luz um filho.

O Santo Rei disse a Uri'el: "Vá dizer a Noach, filho de Lamec e meu servo. Vou enviar uma fome sobre a Terra e ela será bastante severa, os homens conseguirão colher seus frutos, mas será por muita labuta. Guarde mantimentos para você e os de sua casa, pois essa fome é consequência do sangue derramado, pois a Terra está manchada de sangue".

Depois o Santo disse a Heil'el: "Vá à Terra e roube os frutos dos homens para que haja fome sobre ela".

E o adversário enviou corvos e aves para devorar as sementes que haviam sido plantadas na Terra, de modo a destruir a Terra e roubar os filhos dos homens de seu trabalho.

Antes que pudessem plantar a semente, os corvos as apanhavam da superfície da Terra.

E por essa razão Nahor chamou o nome de seu filho de Terah, porque os corvos e as aves puseram os homens à destruição e devoraram suas sementes.

Os anos passaram a ser estéreis por causa das aves e elas devoravam todos os frutos das árvores. Era com muito esforço que eles conseguiam salvar uma pequena parte de todos os frutos da terra naqueles dias, e essa foi a primeira grande fome na Terra.

A pregação de Noach

Noach estava bastante triste por ver sua descendência se matando pela espada e pelas guerras, também escravizando um ao outro e cometendo atos de maldades contra seu próximo. Ele percorreu todas as cidades de acordo com suas famílias, curando as enfermidades e pronunciando todos os juízos.

Ele dizia: "Todos vocês se voltaram para praticar o mal e vejam que começaram a derramar sangue sobre a Terra e a adorar ídolos mudos. Não se lembram nem têm a intenção de se voltarem para aquele que nos livrou de toda destruição, é por ele que estamos aqui hoje e nenhum de vocês reconhece sua soberania. Tudo o que existe segue suas ordens, sem se desviarem para direita ou para a esquerda, mas vocês não seguem seus caminhos, pois são desviados para o mal. Isso vem da carne de todo homem, por isso é necessário que estejamos lutando constantemente para que possamos fazer o que é agradável aos olhos daquele que é santo, que criou os céus, a Terra e todo o seu exército e deu a Terra para que os homens pudessem habitar. É necessário que todos se voltem para ele, para que não tenham sua descendência exterminada da face da Terra, assim como aconteceu aos filhos da perdição em outro tempo".

O nascimento de Avram

Terah cresceu e tomou para si uma esposa, a filha de Avram, filha do irmão de seu pai, e ela deu à luz um filho, que ele o chamou pelo nome de Avram, o nome do pai de sua mulher, porque ele havia morrido antes de sua filha ter gerado um filho.

Quando Avram era moço, começou a entender os erros da Terra, pois todos seguiam imagens e praticavam imundícies e seu pai ensinou-lhe a escrita.

Ele viajou até a cidade de Lubar para aprender todos os juízos de seu antepassado, Noach, e conviveu com ele por algum tempo e depois voltou para a terra de Ur dos caldeus, para a casa de seu pai, Terah.

Avram prega para sua família

O tempo foi passando e Avram resolveu se separar de seu pai, porque ele não queria adorar ídolos, como seu pai e seus irmãos faziam.

Ele começou a orar ao Santo Rei, o Criador de todas as coisas, para que ele o salvasse dos erros dos filhos dos homens, e pediu que sua porção não caísse no erro, em imundícies e mesquinhez.

Depois Avram foi até Terah, seu pai, e perguntou: "Que ajuda ou benefício nós temos desses ídolos que você adora e diante dos quais você se curva? Não há um espírito neles, são formas mudas e um engano ao coração. Não os adore! Adore o Santo dos céus, que faz a chuva e o orvalho descerem sobre a Terra e faz tudo sobre ela, que criou tudo por sua palavra e todo ser vivente está diante de sua face. Por que você adora coisas que não têm espírito nelas? Porque elas são trabalhos das mãos dos homens e sobre seus ombros vocês as carrega e não recebe ajuda delas, mas elas são grandes motivo de vergonha para aqueles que o fazem e um engano ao coração daqueles que as adoram".

Seu pai disse a ele: "Eu também sei disso, meu filho, mas o que eu farei com as pessoas que me fizeram servir diante deles? Se eu contar a verdade, eles me matarão, porque a alma deles se uniu aos ídolos para os adorarem e os honrarem. Peço que você mantenha o silêncio, meu filho, senão eles o matarão".

E essas mesmas palavras Avram falou a seus dois irmãos, que ficaram furiosos com ele. Daí em diante Avram manteve silêncio.

A morte de Noach

Avram casou-se com Sarai, sua irmã, a filha de seu pai, e ela se tornou sua esposa.

Harã, seu irmão, também se casou e sua mulher deu à luz um filho e ele o chamou pelo nome de Lót.

Noach envelheceu e, antes de sua morte, entregou o livro de conhecimento, visão e testemunho de seu pai, Hanokh, e o livro das medicinas a seu filho, Shem, pois o amava mais que todos os outros.

Depois descansou com seus pais e foi sepultado em Lubar, na terra de Ararat.

Nenhum dos filhos dos homens alcançou Noach em justiça, apenas Hanokh, que era perfeito, pois Hanokh nasceu para testemunhar e escreveu os atos da vida de todos os homens. Ele é o escriba do Rei todo-poderoso.

A morte de Harã

Certo dia, quando já era noite, Avram queimou a casa dos ídolos e tudo o que havia nela sem que ninguém percebesse. Os homens se levantaram durante a noite na tentativa de salvar seus deuses do meio do fogo.

Harã se apressou na frente deles, mas o fogo chegou até ele e o cercou, então morreu queimado pelo fogo em Ur dos caldeus antes de Terah, seu pai, e eles o sepultaram na terra de Ur.

Então, por causa do acontecido, Terah saiu de Ur dos caldeus, ele e seus filhos, para irem para a terra do Líbano e para a terra de Knaan. Depois ele foi habitar a terra de Harã, e Avram habitou com Terah, seu pai, em Harã por 14 anos.

Avram recebe os livros como herança

Quando Avram habitava as terras de Harã, ele fez uma viagem até Lubar para a casa de Shem, o patriarca, e ficou com ele alguns dias.

Ele já estava se despedindo de Shem, seu pai, quando recebeu os livros de seus antepassados, o livro de conhecimento, visão e testemunho e o livro das medicinas, mas eram escritos em uma língua que ele não conhecia, por isso os manteve guardados quando voltou para as terras de Harã, filho de Shem.

CAPÍTULO XI

O POVO ESCOLHIDO

O rei dos céus escolhe um povo para aplacar a sua ira

O Santo dos céus via a maldade que os filhos dos homens praticavam e que nenhum deles tinha a intenção de se arrepender e voltar atrás de seus pecados.

Por isso disse no meio de sua assembleia: "Vou separar um povo para mim, um povo que possa guardar minhas ordenanças e a pureza de sua carne. Eles serão guardados da condenação que há de vir ao mundo e eu serei pai para eles, e eles serão filhos para mim. Também serão ministradores e sacerdotes na Terra e farão expiação por ela, para que eu não a fira novamente com maldição, pois minha ira contra os filhos dos homens está aumentando muito por causa de seus pecados. E por meio desse povo as famílias das nações serão abençoadas, quando eu for habitar no meio deles".

E disse mais: "Eu sou aquele que sonda as mentes e os corações dos homens e vi que, de todos os filhos dos homens, um se destacou no meio de toda aquela maldade. Por isso escolhi a descendência dele para ser meu povo para sempre e eu habitarei no meio deles. Vejam que ele se aproximou de mim com um coração justo, para que eu o guiasse pelo caminho da justiça, o caminho por onde deve andar".

Gavri'el enviado para auxiliar Avram

E continuou dizendo: "Gavri'el, vai até a presença de Avram, pois ele está orando e pedindo minha ajuda e vi que seu coração é justo. Diga a ele: Saia de sua Terra e do meio de seus parentes, venha para a Terra que eu lhe mostrarei e eu farei de vocês uma nação grande e numerosa. Eu o abençoarei e farei seu nome grande, você deverá ser abençoado na Terra e por você todas as famílias da Terra serão abençoadas. E eu abençoarei os que o abençoarem e amaldiçoarei os que o amaldiçoarem. Eu serei a força para você e para seus filhos, para seus netos e para toda a sua descendência. Não tenha medo, porque de agora em diante e por todas as gerações eu serei sua força".

E Gavri'el foi a até ele e disse todas essas palavras, depois pediu que ele fosse até a terra de Knaan.

Avram vai para a terra de Knaan

Então Avram falou com seu pai e o informou que deixaria a cidade de Harã para ir conhecer a terra de Knaan e retornaria.

E seu pai o abençoou e disse: "Se você vir uma Terra agradável a seus olhos para nela habitar, você vem e me leva até você. Leve Lót, o filho de Harã, seu irmão, como seu próprio filho. Nahor, seu irmão, ficará comigo até que você retorne em paz e iremos todos juntos com você. Que o Altíssimo esteja com você".

Depois de se despedir de seu pai, Avram viajou de Harã e levou Sarai, sua esposa, e Lót, filho de seu irmão Harã, para a terra de Knaan.

Ele foi até Ash'hur e seguiu para Sh'ekem, onde habitou próximo a um elevado carvalho.

Chegando lá viu que a Terra era muito agradável, da entrada de Hamath até o elevado carvalho.

E o Santo Rei disse a ele: "Para você e sua descendência eu darei esta terra".

Então Avram construiu um altar e ofereceu um sacrifício queimado ao Altíssimo, que havia aparecido a ele.

Depois partiu dali para uma região montanhosa e montou sua tenda.

Ele viu a Terra e era bem larga e boa, crescia de tudo nela: vinhas, figueiras, romãs, carvalhos do mediterrâneo e carvalhos de Moré, oliveiras, cedros, ciprestes, árvores do Líbano e todo tipo de árvores do campo, e havia água nas montanhas.

Após ver toda aquela terra, bem disse ao Santo Rei dos céus que o levou para fora de Ur dos caldeus e que o trouxe para aquele lugar. Construiu um altar ali nas montanhas e clamou ao nome do Altíssimo.

Ele ofereceu no altar um holocausto ao Santo dos céus, para que fosse com ele em todos os lugares e não o abandonasse por todos os dias de sua vida.

E o Ancião de dias, o Santo dos céus, disse a Gravri'el: "Abra a boca dele para que a língua da criação seja falada na boca dele".

Então Gravri'el o tocou e ele começou a falar na língua da criação, que havia cessado da boca de todos os homens nos dias de Babel.

Outras viagens de Avram

Passados alguns dias, Avram levantou seu acampamento e foi para o sul. Chegou a Quiriat-Arba, que já havia sido construído naquela época por Anaq, filho de Arba e pai dos anaquins.

Depois foi para a terra do sul, para Bealoth, e havia fome naquela terra.

Então Avram foi para a terra de Mitzráyn e habitou lá por cinco anos.

Avram estava bastante glorificado com suas posses em ovelhas, gado, jumentos, cavalos, camelos, servos, servas, prata e ouro em abundância.

Lót, filho de seu irmão, também estava muito rico.

Então Faraó o expulsou de suas terras e ele viajou para o lugar onde ele havia montado sua tenda no começo e bem disse ao Santo dos céus, que havia o trazido de volta em paz.

Mas Lót, seu sobrinho, foi habitar a região do vale de Sidim com todas as suas posses.

As campanhas de Chedorlaomer

Chedorlaomer, descendente e rei de Elam. queria recuperar as terras que Knaan havia invadido, as quais os filhos de Knaan habitavam. Ora, as terras pertenciam aos filhos de Aparkshad por herança, e Chedorlaomer era descendente de Aparkshad com a filha de Susã, filha de Elam. Por isso recebeu apoio dos reinos vizinhos.

Ele iniciou sua campanha e conquistou as cidades do vale do ribeiro do Jordão, mas resolveu manter os reinos com seus respectivos reis e os forçou a pagar tributos para ele.

Mais não avançou para as outras terras, pois viu os gigantes do vale e temeu perder seus guerreiros e sua influência conquistada, mas reconheceu que a terra dos gigantes era bastante rica em ouro e próspera, seus frutos eram enormes, podendo assim alimentar muitos homens com apenas um fruto.

Os reis do vale do Jordão pagaram tributo por 12 anos, até que o rei de Sodoma, o rei de Gomorra, o rei de Admá, o rei de Zeboim e o rei de Belá se rebelaram contra Chedorlaomer e não pagaram mais o tributo.

Por isso, quando se completou um ano sem receber o tributo, Chedorlaomer resolveu fazer uma campanha para arrecadar riquezas.

Ele foi com os reis que o apoiavam e atacaram os gigantes em Asterote-Carnaim, os zuzins em Hã, os emins em Savé-Quiriataim e os horeus, desde o seu monte Seir até El-Parã, junto ao deserto, e saquearam aquelas terras.

Depois disso, voltaram e foram para En-Mispate, que é Cades, e conquistaram toda a terra e também a terra dos amorreus, que habitavam Hazazom-Tamar.

Então os reis de Sodoma, de Gomorra, de Admá, de Zeboim e de Belá marcharam até o vale de Sidim e prepararam-se para a batalha contra Chedorlaomer, rei de Elam, Tidal, rei de Goim, Anrafel, rei de Shinar, e Arioque, rei de Elasar.

A batalha foi difícil e sangrenta, mas Chedorlaomer e seus aliados saíram vitoriosos e muitos caíram mortos na região do mar salgado. O restante fugiu com os reis de Sodoma e de Gomorra, que caíram em um poço.

Chedorlaomer os encontrou presos no poço e matou o rei de Gomorra, depois aprisionou o rei de Sodoma e seus homens, também o rei de Admá e o rei de Zeboim, e tomou todos os bens deles e todos os seus mantimentos. Levou o povo para servir como escravos e prendeu também Lót, o sobrinho de Avram, e tudo o que ele possuía e foi embora.

Avram derrota Chedorlaomer e seus aliados

Um homem que havia escapado foi e contou a Avram que o filho de seu irmão havia sido preso.

Ouvindo, pois, Avram que o seu sobrinho estava preso, armou os seus criados, nascidos em sua casa, 318 homens, e perseguiu Chedorlaomer e seus aliados até a fronteira das terras de Harã.

Ele se dividiu com seus criados em grupos pequenos e durante a noite feriu todos eles. Alguns conseguiram fugir e Avram e seu grupo os perseguiu até Hobá, que fica à esquerda de Damasco.

Conseguiu trazer Lót e todos os seus bens, os espólios da guerra, as mulheres e o povo.

E o rei de Sodoma foi se encontrar com Avram no Vale de Savé, que é o vale do rei, e disse a Avram: "Devolva-me as pessoas e pode ficar com os bens". Avram, porém, disse ao rei de Sodoma: "Levantei minhas mãos ao Santo Rei Altíssimo, o Possuidor dos céus e da Terra, jurando que desde um fio de lã até a correia de um sapato jamais pegarei seu, para que não diga um dia: Eu enriqueci Avram".

O Rei dos céus aparece a Avram em sonho

O Santo dos céus veio falar sua palavra a Avram em um sonho dizendo: "Não tenha medo, Avram, eu sou seu defensor e sua recompensa será grandiosa, olhe para o céu e, se puder, conte as estrelas".

Então Avram olhou para o céu e contemplou as estrelas.

E disse o Santo Rei: "Assim será sua descendência".

Disse Avram: "Minha força, minha força! Como saberei que herdarei tudo isso?".

Disse o Santo a ele: "Traga-me uma novilha de três anos, uma cabra de três anos, uma ovelha de três anos, uma rolinha e um pombo".

E Avram construiu um altar e ofereceu um sacrifício ali. Quando o Sol se pôs, um êxtase caiu sobre ele e lhe veio um pavor da grande escuridão. E foi dito a Avram: "Saiba que a sua descendência será peregrina em uma terra estrangeira, e eles serão escravizados e maltratados por 400 anos. Mas eu julgarei a nação que os escravizará e você deve se juntar a seus pais em paz e ser enterrado em boa velhice. Na quarta geração eles devem voltar para cá, porque a iniquidade dos amorreus ainda não está completa".

Então ele acordou de seu sono.

Naquele dia o Santo Rei dos céus fez uma aliança com Avram, do mesmo modo como tinha feito com Noach, seu antepassado. E Avram renovou o festival e a ordenança para sempre.

Sarai duvidou da promessa que o Altíssimo tinha feito a Avram e disse a ele: "Eu não posso ter filhos, por isso tome Hagar, minha serva, para que você tenha filhos com ela, pois quem sabe eu lhe darei filhos por meio dela".

E Avram ouviu a voz de sua esposa e tomou Hagar para ser sua mulher. Hagar deu à luz um filho, e ele o chamou de Yishma'el.

CAPÍTULO XII

A DESTRUIÇÃO DE SODOMA

Os enviados da justiça

Depois, quando Avram estava na idade de 98 anos, o Santo Rei dos céus enviou Mikha'el, Gavri'el e Uriel na presença de Avram.

Ele disse: "Tenho ouvido os clamores da Terra por causa da maldade de Sodoma, Gomorra, Zeboim e das cidades do ribeiro do Jordão, por isso vão até aquela região e confirmem se o clamor que tem chegado até mim é verdadeiro. Mas antes disso, vão a Avram e avisem que daqui a um ano dos homens ele terá um filho de Sarai, sua mulher".

Então eles desceram nos carvalhos de Manre, onde Avram estava morando, e anunciaram que ele teria um filho de Sarai. Avram fez um banquete para eles e os tratou com muita hospitalidade, eles explicaram a sentença que estava prestes a acontecer com as cidades do ribeiro do Jordão e, após dizerem isso, Gavri'el e Uri'el viraram em direção a Sodoma e partiram.

Avram continuou com Mikha'el na presença do Santo Rei e perguntou: "Se houver um justo naquela Terra, ainda assim destruiria as cidades?".

Ele respondeu: "Se houver um justo naquelas cidades eu a pouparei, por causa desse justo".

Os dois enviados encontram Lót em Sodoma

Chegando Gavri'el e Uri'el em Sodoma à tarde, encontraram Lót sentado na porta de Sodoma. Lót, vendo-os, levantou-se e foi ao seu encontro, inclinou-se com o rosto na terra e disse: "Meus senhores! Peço a vocês que entrem na casa de seu servo, passem a noite nela e lavem seus pés. De madrugada vocês se levantam e seguem seus caminhos". E eles disseram: "Não! Passaremos a noite aqui na rua".

Lót insistiu muito, até que foram com ele e entraram em sua casa. Ele fez um banquete, cozinhou bolos sem levedura e comeram.

Mas antes que se deitassem, os homens de Sodoma, desde o moço até ao velho, todo o povo de todos os bairros cercou a casa.

Chamaram Lót e disseram-lhe: "Onde estão os homens que vieram até você nesta noite? Traga-os para fora, para que abusemos deles".

Então saiu Lót para fora, fechou a porta atrás de si e disse: "Meus irmãos! Imploro que vocês não façam mal a estes homens. Tenho duas filhas aqui ainda virgens, eu as trarei para fora e vocês farão delas o que for bom para vocês. Eu peço somente que não façam nada a estes homens, porque vieram para minha casa para que nenhum mal acontecesse a eles".

Eles, porém, disseram: "Saia daí".

Disseram mais: "Este indivíduo veio aqui habitar como estrangeiro e quer ser juiz em tudo? Agora faremos pior com você do que íamos fazer com eles". E foram para cima de Lót, para arrombar a porta.

Gavri'el e Uri'el, porém, estenderam as suas mãos, puxaram Lót para dentro de casa e fecharam a porta.

Então feriram de cegueira os homens que estavam na porta da casa, desde o menor até ao maior, de maneira que se cansaram para achar a porta.

Então disseram a Lót: "Tem mais alguém aqui? Todos que forem seus parentes nesta cidade tire-os daqui, seu genro, seus filhos e suas filhas, porque nós vamos destruir este lugar, pois o seu clamor tem aumentado diante da face do Santo Rei dos céus e ele nos enviou para destruir tudo".

Então saiu Lót e falou a seus genros: "Levantem-se e saiam deste lugar, porque o Santo há de destruir a cidade". Seus genros acharam que ele estava brincando e não o levaram a sério.

Os enviados tiram Lót e sua família da cidade

Ao amanhecer, os enviados apressaram Lót, dizendo: "Levante-se, pegue sua mulher e suas duas filhas que aqui estão para que não pereçam na injustiça desta cidade".

Ele, porém, demorou a sair. Gavri'el e Uri'el lhe pegaram pela mão e pelas mãos de sua mulher e de suas duas filhas, tiraram-nos e colocaram-nos fora da cidade.

E disseram: "Escapem para poupar suas vidas, não olhem para trás e não parem em outro lugar desta campina. Vão para o monte para que não morram".

Lót, porém, disse a eles: "Não, meu senhor! Já que seu servo tem achado graça aos seus olhos e foi grande sua misericórdia em minha vida, guardando-me desse mal, permita que eu vá para aquela cidade, pois não posso escapar no monte onde esse mal possa me apanhar e me matar".

Eles lhe responderam: "Vá depressa!". E chamou o nome da cidade de Zoar.

Saiu o Sol sobre a Terra quando Lót entrou em Zoar.

Então o Santo dos céus fez chover enxofre e fogo desde os céus sobre Sodoma, Gomorra, Zeboim, todas as cidades da campina, todos os moradores daquelas cidades e o que nascia da terra.

A mulher de Lót, porém, olhou para trás e ficou convertida numa estátua de sal.

Após aquela destruição, Lót saiu de Zoar e foi habitar o monte. As suas duas filhas foram com ele, porque ele tinha medo de habitar Zoar.

E habitou uma caverna, ele e as suas duas filhas.

Os descendentes de Lót

Então a primogênita disse para a mais nova: "Nosso pai já é velho e não há homem na Terra que possa se casar com a gente. Vamos dar de beber vinho a nosso pai e nos deitaremos com ele, para preservar a descendência dele na Terra".

E deram de beber vinho a seu pai naquela noite. A primogênita se deitou com seu pai e ele não sentiu quando ela se deitou, nem quando se levantou. No outro dia, a primogênita disse para a mais nova: "Ontem à noite me deitei com meu pai, vamos dar de beber vinho a ele também esta noite, e então será sua vez de se deitar com ele".

E deram de beber vinho a seu pai também naquela noite. A menor se deitou com ele e ele não sentiu quando ela se deitou, nem quando se levantou. E as duas filhas de Lót tiveram filhos de seu pai.

A primogênita deu à luz e chamou-o de Moabe; este é o pai dos moabitas. E a menor também deu à luz e chamou-o de Ben-Ami; este é o pai dos filhos de Amom.

CAPÍTULO XIII

OS FILHOS DA PROMESSA

Os filhos de Avram

Sarai engravidou de Avram, ela deu à luz um menino e Avram lhe chamou de Yishàq, O Santo dos céus o amou e disse a Avram: "Esse será seu primogênito, que receberá a promessa que fiz a você, e seu nome não será mais Avram, e sim Avraham, pois eu lhe constituí pai sobre muitas nações".

Depois de algum tempo, Sarai morreu e Avraham se casou com Qetûrà. Ela deu à luz seis filhos para ele, Zinrã, Jocsã, Medã, Midiã, Jisbaque e Sua. Esses são os midianitas, que habitaram a região de Horebe.

Depois de gerar todos os seus filhos, Avraham morreu e descansou com seus antepassados. Foi sepultado na gruta de Macpela, perto de Mamre, no campo de Efrom, filho de Zoar, o hitita.

O Santo Rei dos céus fez de Yishàq um homem poderoso na Terra. Ele se casou com Rivqah, filha de B'ethuwel, filho de Nahor, irmão de Avraham.

Ele a amava muito e não se deitou com outra mulher durante sua vida.

Ela deu dois filhos para ele, os gêmeos Esav e Ya'akov.

Yishàq amava Esav, pois era o primogênito e caçador, mas Rivqah amava a Ya'akov.

Esav vende a herança do reino dos céus

Certo dia Esav foi caçar para seu pai. Quando ele voltou dos campos, Ya'akov estava preparando guisado de lentilha e Esav estava morrendo de fome.

Então Ya'akov disse a ele: "Se você me der o seu direito de primogenitura, você pode comer à vontade", e Esav concordou sob juramento, não pensou direito, pois estava com muita fome.

Então o Santo Rei dos céus ficou aborrecido com Esav e disse: "Estou aborrecido com Esav, filho de Yishàq, meu servo, pois ele desprezou a minha promessa e minha herança, trocando-a por comida".

Bendito seja Ya'akov, que se antecipou para adquiri-la, pois ele é o filho da promessa que fiz a Avraham.

Expulsarei Esav de minha presença, mas o levarei para uma terra que ele receberá por herança e ele habitará ali, pois os habitantes daquelas terras são da descendência das sentinelas, por isso eu os exterminarei.

Esav é Edom e pai dos edomitas, ele se casou com Ada, filha de Elom, o hitita, com Oolibama, filha de Ana e neta de Zibeão, o heveu, e com Basemate, filha de Yishma'el, seu tio.

Ada deu a Esav um filho chamado Elifaz, Basemate deu a ele um filho chamado Reuel, e Oolibama deu três filhos a ele, Jeús, Jalão e Corá.

Esav estava muito rico e não havia espaço para suas posses e as posses de seu irmão.

Esav recebe suas terras por herança

Então Esav pegou suas mulheres, seus filhos e filhas e todos de sua casa, seu rebanho e toda a riqueza que ele adquiriu em Knaan e foi para outra região, longe de seu irmão.

Ele viu uma estrela que brilhava acima dele e se movia quando ele andava e tomou aquilo como sinal.

Ele foi guiado por Rapa'el até as terras dos horeus. Quando viu aquelas terras se agradou delas e disse a seus servos e filhos: "O Santo Rei está entregando esse povo em nossas mãos".

E começou a bolar um plano para conquistá-las, depois marchou com os de sua casa na direção dos horeus.

Rapa'el se antecipou e feriu os gigantes, filhos de Seir, no momento que Esav se aproximava daquelas terras para conquistá-las.

Esav, com seus filhos e seus servos, passou todos eles ao fio da espada. Foram conquistando tribo após tribo e se estabeleceram em Seir, na terra dos horeus.

Seu território se estendia desde Seir até a campina de Parã. E aquela Terra recebeu o nome de Edom em homenagem a Esav.

Seir foi pai das tribos dos horeus, seus filhos eram: Lotã, Sobal, Zibeão, Aná, Disom, Eser e Disã e essas eram suas tribos naquela terra.

Os filhos de Lót recebem suas terras por herança

Os filhos de Lót se multiplicaram e Moabe se tornou um povo poderoso naquelas terras da montanha. Eles adquiriram riquezas, servos e animais e moraram ali por muito tempo.

Então o Santo dos céus disse no meio de sua assembleia: "Vão e seduzam os filhos de Lót, levem-nos até as terras ao redor para que façam guerra, pois eles serão meu instrumento de ira contra o povo que habita ali".

Os filhos de Moabe resolveram se expandir e atacaram os gigantes que habitavam ali, desde Ar até Savé Quiriataim, e o Santo Rei o Altíssimo entregou os emins nas mãos deles. Eles conquistaram toda a terra dos emins e a fortaleza de Ar virou a capital dos moabitas.

Os filhos de Amom foram em direção à terra dos zanzumins e batalharam contra eles, conquistando as aldeias deles. Ali todo aquele povo foi exterminado.

O Santo Rei havia enviado Ra'uel para ferir todos eles, pois eles também eram gigantes e descendentes de gigantes.

E Amon passou a habitar aquelas terras.

O Santo Rei também atraiu mais um povo para ali, os filhos de Caftorim, filho de Mitzráyn.

Eles chegaram àquelas terras e batalharam contra os aveus, que viviam em povoados próximos a Gaza.

O Santo havia enviado Suri'el para ferir aquele povo, e os caftoreus exterminaram todos eles, pois eles também eram descendentes de gigantes e se estabeleceram naquelas terras. Os habitantes de Caftor são antepassados dos filisteus.

CAPÍTULO XIV

A ORIGEM DE YISRA'EL

Os filhos de Ysra'el

Ya'akov se casou com Le'ah e Rael, filhas de Laban, seu tio.
Ele habitou Harã por 20 anos servindo a Laban e teve os seguintes filhos: Re'uben, Shim'on, Lêviy, Yehudah, Dan, Naptali, Gad, Asher, Ysakhar, Zevulun, Diná e Yosef.

O Santo Rei dos céus veio a Ya'akov em um sonho e disse: "Chegou a hora de você voltar para a Terra da qual você saiu".

Ya'akov foi anunciar a Laban que ia voltar para a casa de seus pais, mas Laban não ficou contente com essa notícia, pois ele dizia: "Ele tomou tudo que era meu, minhas filhas, meus servos, meu gado e minhas ovelhas, toda a minha riqueza".

Por isso Laban foi contra sua partida, e Ya'akov não falou mais nada com ele.

Ya'akov sai da casa de seu sogro

Então Ya'akov saiu de Harã com sua família, ele se levantou com suas esposas e seus filhos, pegaram todas as suas posses e cruzara, o rio em direção às terras de Knaan.

Ya'akov escondeu sua intenção de Laban e não o avisou.

Laban ficou sabendo e o perseguiu, alcançando Ya'akov em uma montanha. Estando ele acampado próximo a Ya'akov, o Altíssimo falou com ele em um sonho dizendo: "Não faça nada a Ya'akov, meu servo, e não diga uma palavra a ele, nem boa, nem ruim".

Ya'akov convidou Laban para sua tenda e este foi se encontrar com ele. Ya'akov preparou uma festa para Laban e para todos os que vieram com ele. Ya'akov e Laban fizeram um juramento naquele dia, que nenhum dos dois deveria cruzar aquela montanha com propósito maligno. E ergueram lá um monumento de pedras como testemunha, por isso o nome daquele lugar é Gilead, "o monte da testemunha".

A vida cotidiana dos gigantes de Knaan

Antes eles costumavam chamar a terra de Gilead de terra de refain, porque esta era a terra de gigante e gigantes nasceram lá.

Gigantes que tinham de três a cinco metros de altura.

Nessa época, eles habitavam da terra dos filhos de Amon até o monte Hérmon, e as cadeiras de seus reinos eram Carnaim, Ashtaroth, Quiriat-Arba, Edrei, Misur e Beon.

O Rei dos céus enviou a destruição para o meio deles por causa da maldade de suas obras, porque eles eram muito malignos e violentos.

Os acadianos venceram a batalha contra os sumérios e exerceram suas influências por aquela região. Seu reino se estendia desde Ebla até Ur dos caldeus.

Aconteceu que, passando algum tempo, começaram algumas revoltas naquela região e os amoritas, um povo nômade, se destacou. Foi o principal povo que destruiu o domínio acadiano daquela região, pois eram extremamente guerreiros.

Eles fizeram da cidade de Babel sua capital administrativa e era o centro de seu reinado.

Então vieram em direção ao vale, batalharam contra os gigantes e saquearam aquelas terras.

O Ancião de dias não permitia que eles ficassem poderosos, por isso sempre estava mandando um povo para saquear suas cidades e alguém de seu exército para feri-los.

Alguns deles fugiram e se espalharam naquela região, começaram a montar acampamentos e a se reorganizarem novamente. Eles habitaram as terras dos amorreus, seus aliados, faziam parte desse povo e lutavam nas guerras deles.

Os amorreus

Os amorreus eram um povo maligno e pecador, não há atualmente pessoas que alcancem a totalidade dos pecados deles.

Após a execução dos homens de Sh'ekem, Rael engravidou e deu à luz um filho a quem Ya'akov chamou de Benyamin.

Mas ela não resistiu ao parto e morreu ali.

Tempos depois, Ya'akov enviou seus filhos para pastorearem suas ovelhas, e seus servos foram com eles para os pastos de Sh'ekem.

Então os sete reis dos amorreus que viviam naquelas terras uniram-se contra eles para matá-los, escondendo-se sobre as árvores para pegar seu gado como presa.

Vieram o rei de Taphu, o rei de Areza, o rei de Seragan, o rei de Selo, o rei de Gaas, o rei de Beth-horon e o rei de Maasinakir, todos aqueles que habitavam as montanhas e as florestas na terra de Knaan.

Alguém anunciou isso a Ya'akov dizendo: "Os reis dos amorreus cercaram seus filhos e roubaram seus rebanhos".

Ele imediatamente se levantou de sua casa, com seus três filhos, todos os servos de seu pai e seus próprios servos, e foram contra eles com seis mil homens que carregavam espadas.

Eles os cercaram e os mataram nos pastos de Sh'ekem, perseguiram aqueles que fugiam e os mataram com o fio da espada.

Morreu: o rei de Aresa, o rei de Taphu, o rei de Seragan, o rei de Selo, o rei de Maasinakir e o rei de Gaas. E Ya'akov recuperou seus rebanhos.

As terras dos amorreus ficaram enfraquecidas e Ogue, rei de Basã, começou a se fortalecer naquelas terras, conquistando as cidades ao redor.

Ele se tornou muito poderoso naquela região e os príncipes dos amorreus daquelas terras começaram a lhe pagar tributos.

CAPÍTULO XV

O CAMINHO DO CATIVEIRO

Yosef, o governador das terras de Mitzráyn

Ya'akov amava seu filho Yosef mais que a todos os outros, e seus irmãos tinham muita inveja de Yosef.

Certo dia Ya'akov enviou Yosef para saber sobre o bem-estar de seus irmãos na terra de Sh'ekem, e ele os encontrou na terra de Dotam.

Lá eles formaram um complô contra ele para matá-lo, mas, mudando de ideia, o venderam a mercadores ismaelitas e estes o levaram para a terra de Mitzráyn, onde o venderam a Potifar, o eunuco do Faraó, o chefe da comida e sacerdote da cidade.

Mas o Santo Rei dos céus estava com ele e o livrou de todas as suas tribulações, concedeu graça e sabedoria a Yosef na presença do Faraó, rei de Mitzráyn, que o constituiu governador sobre toda a terra de Mitzráyn e sobre toda a sua casa.

A segunda fome

Quando chegou o dia dos filhos dos céus se apresentarem ao Ancião de dias, ele disse no meio de sua assembleia: "Castigarei a Terra com uma fome severa que durará sete anos, não haverá chuva nela e de suas nascentes não brotará água.

Já separei o lugar de livramento para meu povo, para que não sofram nesse castigo que lançarei sobre os filhos dos homens, pois eles não se preocupam em derramar sangue, nem em esconder suas maldades, todo esse mal é consequência de seus pecados cometidos".

Então a fome começou a chegar e a chuva se recusou a cair na Terra, porque nenhuma água caiu.

Os dias se tornaram estéreis, mas em Mitzráyn havia comida, porque Yosef havia estocado as sementes da terra durante sete anos de abundância.

Os egípcios vieram a Yosef para que ele pudesse dar comida a eles.

Yosef abriu os armazéns onde estavam os grãos do primeiro ano, vendendo para as pessoas da Terra por ouro.

Mas em Knaan a fome estava bastante severa e Ya'akov e sua família não achavam mantimentos.

Ya' akov envia seus filhos para buscar alimentos

Ouviu Ya'akov que em Mitzráyn havia trigo e enviou ali seus 10 filhos. Os filhos de Ya'akov chegaram a Mitzráyn, mas não reconheceram Yosef.

Yosef os reconheceu e, disfarçando, os questionou: "Vocês não são espiões? Não vieram espionar essa faixa de terra?". E ele ordenou que os colocassem na prisão.

Depois disso ele os libertou novamente, mas manteve Shim'on preso sozinho e despachou seus nove irmãos.

Antes de eles partirem, ele encheu os sacos deles com milho e pôs o ouro deles dentro dos sacos, mas eles não ficaram sabendo.

E ordenou que trouxessem seu irmão mais novo, porque eles o haviam dito que o pai deles e seu irmão mais novo estavam vivos.

Eles partiram da terra de Mitzráyn e foram para a terra de Knaan. Chegando lá, contaram a seu pai tudo o que havia acontecido a eles, como o senhor do país havia falado com eles com dureza e que havia prendido Shim'on, até que eles levassem Benyamin.

E Ya'akov disse: "Vocês, dessa maneira, me deixam sem filhos! Yosef está ausente e também Shim'on, e agora vocês querem levar de mim Benyamin? A maldade de vocês caiu sobre mim! Meu filho não irá com vocês para que não venha a cair doente. Porque sua mãe deu à luz dois filhos; um está morto e o outro vocês querem tirar de mim. Se ele morrer também, vocês me trariam lamento e morte em minha idade avançada".

Ya'akov viu que o dinheiro havia retornado dentro dos sacos e, por essa razão, ele teve medo de enviá-lo.

Passado um ano, a fome aumentou e ficou muito mais severa na terra de Knaan e em todas as terras.

Menos na terra de Mitzráyn, porque muitos dos filhos dessa terra haviam estocado suas sementes para alimento no tempo que Yosef estocava para os anos da fome.

Ya'akov envia seus filhos novamente para buscar alimento

Quando Yisra'el viu que a fome estava muito severa na Terra e que não havia livramento, ele disse a seus filhos: "Vão novamente e procurem comida para que nós não morramos".

E eles disseram: "Nós não iremos, a não ser que nosso irmão mais novo vá conosco".

Yisra'el viu que se ele não enviasse seu filho mais novo com eles todos morreriam em razão da fome e enviou seus filhos novamente, Benyamin estava com eles.

Chegando à presença de Yosef, ele viu Benyamin, seu irmão. Quando o conheceu, ele disse a eles: "É este seu irmão mais novo?".

E eles responderam: "É ele".

E Yosef disse: "O Rei dos céus seja gracioso com você, meu filho!".

Ele trouxe Shim'on, preparou um banquete e eles apresentaram os presentes que haviam trazido em suas mãos.

Todos comeram e beberam na presença dele, depois se levantaram e montaram em seus jumentos para ir embora.

Yosef se revela a seus irmãos

Yosef havia bolado um plano pelo qual ele poderia saber os pensamentos de seus irmãos, e se havia paz entre eles.

Após por seu plano em prática, seus irmãos se humilharam na presença dele e mostraram um gesto de humildade para com seu irmão Benyamin.

Vendo isso, Yosef se jogou nos braços deles chorando, revelou quem ele era e por que havia feito tudo aquilo.

Todos choraram com esse reencontro, e Yosef disse: "Vão e anunciem a meu pai que estou vivo e que ele venha para a terra de Mitzráyn, pois a fome ainda vai durar por cinco anos e não haverá colheita de frutos das árvores ou lavouras. Venham rapidamente, vocês e seus servos, para que vocês não morram pela fome, porque o Santo Rei dos céus enviou a mim primeiro que vocês para pôr as coisas em ordem e para que muitas pessoas possam viver".

E foi assim que Yisra'el chegou à terra de Mitzráyn com todos os seus parentes, que eram 75 pessoas.

Quando passaram os anos da fome, os filhos de Yisra'el se preparavam para voltar para Knaan, mas os amorreus marcharam com seu exército até a terra de Mitzráyn e sitiaram a cidade deles. Faraó trancou os portões da cidade, por isso os filhos de Yisra'el resolveram ficar morando ali naquelas terras, pois Knaan estava cheia de violência por ocasião da fome.

CAPÍTULO XVI

MOSHE

Ogue e Seon unificam as terras dos amorreus

Ogue, rei de Basã, se tornou rei na região dos amorreus, ele conquistou as cidades dos amorreus e estabeleceu o seu reinado naquela região unificando o reino.

Ogue era o último gigante sobrevivente do seu tempo, pois Seir, Lotã, filho de Seir, Timna, Hã, Melcon e Arba já haviam sidos mortos nas invasões de suas terras.

E mais a sul estava a região de Seon, descendente de Melcon e rei dos amorreus, que fazia suas fronteiras com o reino amorreu de Ogue.

Seon lutou contra o rei de Moabe e capturou as suas terras até o vale de Arnon, após impor uma humilhante derrota a Moabe. Ele se estabeleceu ali e fez sua fortaleza, chamada Hesbom.

As terras dos amorreus eram divididas por esses dois reis e havia um pacto de duplo governo para governarem com o mesmo propósito.

O chefe libertador

Nesse tempo apareceu Moshe, homem que temia e observava os ensinamentos do Santo dos céus.

Ele foi criado pela filha do Faraó como seu próprio filho, mas ele era filho dos filhos de Yisra'el.

Ele sabia que, por tudo que aconteceu com ele, o Santo dos céus queria salvar o povo por intermédio dele.

Certo dia ele viu um homem de seu povo sendo tratado injustamente por um egípcio, ele foi e defendeu aquele homem vingando o oprimido.

Mas o povo não pensava dessa maneira e, no dia seguinte, ele viu dois homens de seu povo brigando. Ele foi até o meio deles e disse: "Homens, vocês são irmãos, por que ofendem um ao outro?".

O que agredia o próximo disse: "Quem foi que constituiu você autoridade e juiz sobre nós? Por acaso você quer nos matar como você fez ontem ao egípcio?".

Quando ele ouviu essas palavras, fugiu da terra de Mitzráyn e se tornou peregrino na terra de Midiã, onde ele se casou e teve dois filhos.

Passados 40 anos, ele estava apascentando seu rebanho no monte Horebe, nas terras de Midiã.

O Santo Rei dos céus chamou Gavri'el à sua presença e disse: "Eu estou acompanhando o sofrimento do meu povo desde que eles chegaram às terras de Mitzráyn. Chegou a hora de libertá-los, por isso vá a Moshe e diga a ele as palavras que eu lhe disser".

Então Gavri'el se disfarçou perante as sarças em chamas e disse: "Moshe! Moshe! Não se aproxime daqui e tire as sandálias dos pés, pois o lugar em que você está é terra santa. Eu sou a força de seus pais, a força de Avraham, de Yitzhak e de Yisra'el. Eu vi o sofrimento do meu povo nas terras de Mitzráyn, ouvi seus gemidos e por isso desci para libertá-los. Eu os levarei para uma terra boa e larga, uma terra que produz leite e mel. Também eu vi a opressão com a qual os egípcios oprimem meu povo, por isso venha agora que eu o levarei até a terra de Mitzráyn, até a presença de Faraó para que fale com ele".

O Rei se revela a Moshe

Então disse Moshe ao Santo: "Quando eu for aos filhos de Yisra'el e lhes disser: O poder de nossos pais me enviou a vocês. E eles me perguntarem: Qual é o nome dele? O que lhes direi?".

E disse o Santo a Moshe: "Eu Sou o que Sou. Assim dirá aos filhos de Yisra'el: Eu Sou me enviou a vocês".

E o Santo disse mais a Moshe: "Assim dirá aos filhos de Yisra'el: O Rei, a força de seus pais, Avraham, Yitzhak e Ya'akov, me enviou a vocês. Este é meu nome eternamente e este é meu memorial de geração a geração. Darei seu irmão, Aharon, para que vá com você".

Então Moshe foi para sua casa, despediu-se de seu sogro, pegou sua mulher e seus filhos e partiu para a terra de Mitzráyn.

O Santo veio à presença de Aharon e falou com ele dizendo: "Vá ao encontro de Moshe, seu irmão, no deserto". E ele foi. E vendo-o, beijou-o.

O plano do Santo Rei dos mundos

Então o Santo dos céus disse em sua assembleia: "Eu ferirei a terra de Mitzráyn para que meu nome seja lembrado novamente na Terra, lá farei maravilhas para que os filhos dos homens reconheçam que Eu Sou o que Sou e que criei todas as coisas, e nada está escondido de minha presença. Mitzráyn pagará pela opressão que ele desferiu em meu povo".

E disse a um que estava em sua presença: "Vá e endureça o coração de Faraó, seduza-o, faça voltar nele a dureza de seu coração, pois por meio de sua teimosia é que mostrarei meu poder a Faraó e a toda a Terra. Mitzráyn não se recuperará dos flagelos que lançarei nele".

Então ele saiu e foi ser opositor de Moshe e do povo do Santo dos céus.

Quando Moshe estava no caminho, em uma estalagem, o adversário foi à sua presença para feri-lo, mas a sua esposa pegou uma pedra aguda, cortou o prepúcio do seu filho, jogou aos pés de Moshe e disse: "Certamente você é um homem sanguinário". Mikha'el se antecipou para proteger Moshe e o adversário se desviou dele e saiu de sua presença.

Depois sua mulher acrescentou: "Sanguinário por causa da circuncisão".

O adversário iria matá-lo para livrar os egípcios de suas mãos, quando ele viu que Moshe era enviado para executar julgamento e vingança aos egípcios, mas Mikha'el o livrou de suas mãos.

Quando Moshe chegou à terra de Mitzráyn, foi com seu irmão Aharon falar com os anciões do povo e estes concordaram com tudo.

CAPÍTULO XVII

O CASTIGO DE MITZRÁYN

Moshe se apresenta a Faraó

Depois eles foram até a presença de Faraó e lhe disseram: "Assim diz o Santo, a força de Yisra'el: Deixe meu povo ir, para celebrar uma festa no deserto para mim". Então o adversário endureceu o coração de Faraó, que disse: "Quem é o Senhor que ouvirei a voz para deixar ir Yisra'el? Não conheço essa força, nem tampouco deixarei Yisra'el ir".

E forçou ainda mais os trabalhos do povo de Yisra'el.

O Santo Rei falou a Moshe e a Aharon por intermédio de Gavri'el, dizendo: "Quando Faraó falar com vocês pedindo um sinal ou algum milagre, diga a Aharon: Pegue a sua vara e lança em frente a Faraó; e se transformará em serpente".

Então, Moshe e Aharon foram a Faraó e fizeram assim como o Santo Rei ordenou. Lançou Aharon a sua vara em frente a Faraó e em frente dos seus servos, e esta virou uma serpente.

Mas faraó também chamou os sábios e encantadores, e os magos de Mitzráyn fizeram também o mesmo com os seus encantamentos. O adversário havia ajudado os magos para que o sinal de Moshe caísse em descrédito.

Mas a vara de Aharon engoliu as varas deles e o adversário endureceu o coração de Faraó para não ouvir o que o Santo havia dito.

Primeira praga

Disse Gavri'el a Moshe: "Diga a Aharon: Pegue sua vara e estenda a mão sobre as águas de Mitzráyn, sobre as suas correntes, sobre os seus rios, sobre os seus tanques e sobre todo reservatório de água. Faça com que se transformem em sangue e haja sangue em toda a terra de Mitzráyn".

Moshe e Aharon fizeram assim como ele havia ordenado.

Gavri'el veio e feriu as águas de Mitzráyn e os peixes que estavam no rio morreram. O rio fedeu a morte e houve sangue por toda a terra de Mitzráyn. Porém os magos de Mitzráyn, com a ajuda do adversário, fizeram o mesmo com os seus encantamentos, de maneira que ele conseguiu endurecer o coração de Faraó, que não os ouviu.

Segunda praga

Então se aproximou Suri'el e disse a Moshe: "Diga a Aharon: Estenda a sua mão com sua vara sobre as correntes, sobre os rios e sobre os tanques para que faça subir rãs sobre a terra de Mitzráyn".

Aharon estendeu a mão sobre as águas e Suri'el trouxe rãs para a terra de Mitzráyn. As rãs saíram e cobriram aquela terra.

Então, o adversário, por meio dos magos, fez o mesmo com os seus encantamentos e fez vir rãs sobre a terra de Mitzráyn.

Faraó chamou Moshe e Aharon e disse: "Implorem ao Santo Rei que tire as rãs de mim e do meu povo. Depois, deixarei o povo ir para que sacrifiquem a ele".

E Moshe disse a Faraó: "Você seja glorificado em minha frente. Quando orarei por você, por seus servos e por seu povo?".

Ele disse: "Amanhã".

Moshe disse: "Seja feito como disse, para que você saiba que ninguém há como o Santo dos céus, nossa força".

E Moshe clamou ao Santo Rei dos céus por causa das rãs que tinha posto sobre Faraó e tudo aconteceu de acordo com a palavra de Moshe. As rãs morreram nas casas, nos pátios e nos campos e a Terra cheirou mal.

Quando Faraó viu que havia descanso, o adversário penetrou em seu coração e endureceu mais ainda o coração de Faraó, e ele não os ouviu.

Terceira praga

Veio Fanu'el e disse a Moshe: "Diga a Aharon: Estenda a sua vara e fira o pó da Terra, para que assim se torne piolhos por toda a terra de Mitzráyn".

Aharon estendeu a mão com a sua vara e feriu o pó da Terra e Fanu'el fez que brotassem piolhos do pó da Terra, que se espalharam pela terra deles. Havia muitos piolhos nos homens e no gado, todo o pó da Terra se transformou em piolho naquele dia.

Os magos de Mitzráyn foram fazer o mesmo, mas desta vez eles não conseguiram, pois Mikha'el segurou o adversário, impedindo-o de ajudá-los, assim seus encantamentos não deram certo. Então disseram os magos a Faraó: "Isto é o dedo do Altíssimo".

O adversário foi solto novamente e penetrou no coração de Faraó, que se endureceu e não os ouviu.

Quarta praga

Ra'uel se aproximou de Moshe durante a noite e disse: "Levante-se cedo pela manhã e vá ao encontro de Faraó. Ele sairá para o rio, quando o encontrar diga a ele: Assim diz o Santo Rei dos céus: Deixe meu povo ir, para que me sirva, porque se não deixar, eu enviarei enxames de moscas sobre você, sobre os seus servos e sobre o seu povo, e as casas dos egípcios se encherão desses enxames e também a Terra em que eles estiverem".

E disse mais: "Eu separarei a terra de Gósen, em que meu povo habita, nela não haverá enxames de moscas, para que saiba que eu sou Santo e Rei no meio desta terra. Colocarei separação entre o meu povo e o seu povo".

Moshe foi bem cedo pela manhã e falou essas palavras a Faraó, depois acrescentou: "Amanhã será este sinal".

E assim veio Ra'uel no dia seguinte e trouxe grandes enxames de moscas na casa de Faraó, nas casas dos seus servos e sobre toda a terra de Mitzráyn. E a terra foi corrompida com esses enxames.

Então Faraó chamou Moshe e Aharon em sua presença e disse: "Eu deixarei seu povo oferecer sacrifício aqui mesmo em Mitzráyn".

E Moshe respondeu: "Não podemos fazer isso, pois seu povo abomina o criador e se sacrificarmos aqui nesta terra eles nos apedrejarão. Deixe que adoremos por três dias no deserto, depois retornaremos".

Faraó respondeu: "Podem ir adorar no deserto, só não vão muito longe. Quando estiverem lá, orem por mim também".

Moshe disse: "Assim que sair de sua presença, orarei ao Santo dos céus e ele retirará todas as moscas desta terra. Só peço que desta vez você não me engane". Porém, assim que Moshe orou e as moscas se retiraram, o adversário endureceu o coração de Faraó, que não deixou o povo ir.

Quinta praga

Por isso, Rapa'el se aproximou e disse a Moshe: "Vá até Faraó e diga a ele: Assim diz o Santo, o Poder dos hebreus: Deixe meu povo ir, para que me sirva, porque, se recusar deixá-los ir, a minha mão estará sobre seu gado que está no campo, sobre os cavalos, sobre os jumentos, sobre os camelos, sobre os bois e sobre as ovelhas, com pestes gravíssimas. Amanhã mesmo farei isso".

E Moshe foi e anunciou essas palavras a Faraó. No dia seguinte, Rapa'el passou pela terra de Mitzráyn e feriu todo o gado dos egípcios que morreram ali. Porém, do gado dos filhos de Yisra'el, não morreu nenhum, pois o Santo fez separação entre o gado dos hebreus e o gado dos egípcios, para que nada morresse de tudo o que era dos filhos de Yisra'el.

Faraó enviou homens para verem o gado de Yisra'el e não havia morrido nenhum. Porém o adversário obstinou o coração de Faraó, que se endureceu, e não deixou o povo ir.

Sexta praga

Disse mais a Rapa'el o Santo: "Encha as mãos de cinzas do forno e que Moshe as espalhe no ar na frente de Faraó e que todo esse pó miúdo se transforme em sarna que arrebente em úlceras nos homens e no gado, por toda a terra de Mitzráyn". Ambos encheram as mãos de cinzas e Moshe as espalhou para o céu a sua porção e a de Aharon.

Então Rapa'el misturou as cinzas no ar, transformando-as em doenças, e feriu todo o povo daquela terra e o gado que havia sobrado.

Os magos não podiam parar em pé na frente de Moshe, por causa da sarna, porque havia sarna nos magos e em todos os egípcios.

Porém o adversário endureceu o coração de Faraó, que não os ouviu.

Sétima praga

Uri'el se aproximou de Moshe e disse: "Estenda a mão para o céu e haverá saraiva em toda a terra de Mitzráyn, sobre os homens, sobre o gado e sobre toda erva do campo nesta terra".

Moshe estendeu a sua vara para o céu e o Santo fez que se houvessem trovões. Uri'el veio com saraiva e fogo, que corriam pela terra.

Havia saraiva e fogo misturado, estava muito grave. Isso nunca houve em toda a terra de Mitzráyn, desde que veio a ser uma nação.

Feriu tudo que havia no campo, desde os homens até aos animais. Também a saraiva feriu toda erva do campo e quebrou todas as árvores do campo.

Somente na terra de Gósen, onde estavam os filhos de Yisra'el, não havia saraiva.

Então Faraó mandou chamar Moshe mais uma vez e disse: "Eu pequei. O Santo dos céus é justo, mas eu e meu povo somos ímpios. Ore ao Santo para que pare essa saraiva e destruição, e deixarei o povo ir".

Saiu Moshe da presença de Faraó e da cidade, estendeu as mãos ao céu e cessaram os trovões, a saraiva e a chuva não caíram mais sobre a terra.

Penetrou o adversário ainda essa vez no coração de Faraó, que não deixou o povo de Yisra'el ir.

Oitava praga

Disse mais uma vez Ra'uel a Moshe: "Estenda a sua mão sobre a terra de Mitzráyn, para que os gafanhotos venham sobre a terra deles e comam toda erva da terra, tudo o que deixou a saraiva".

Então estendeu Moshe sua vara sobre a terra de Mitzráyn, e Ra'uel trouxe sobre a Terra um vento oriental durante aquele dia e durante a noite. Aconteceu que pela manhã o vento oriental trouxe os gafanhotos. Nunca houve gafanhotos daquele jeito, nem depois deles vieram outros, porque cobriram a face de toda a terra, de modo que a terra se escureceu, e comeram toda erva da terra e todo o fruto das árvores que a saraiva havia deixado. Não ficou verdura alguma nas árvores, nem erva do campo em toda a terra de Mitzráyn.

Então, Faraó se apressou a chamar Moshe e Aharon e disse: "Pequei contra o Santo dos céus, a sua força, e contra vocês. Peço que perdoem o meu pecado somente desta vez e que orem ao Santo dos céus".

Moshe orou ao Santo Rei e Ra'uel trouxe um vento ocidental fortíssimo, o qual levantou os gafanhotos e os lançou no mar Vermelho. Nenhum gafanhoto ficou em toda a terra de Mitzráyn.

Nona praga

Mas como Faraó não libertou o povo, Mikha'el se aproximou e disse a Moshe: "Estenda a sua mão para o céu e virão trevas sobre a terra de Mitzráyn trevas que se apalpem". Moshe estendeu a sua mão para o céu e o Santo Rei, com voz de trovão, disse a Gavri'el: "Vá! Fira a terra para que a escuridão que existiu antes da criação se manifeste".

E Gavri'el feriu a terra de Mitzráyn, houve trevas espessas em toda aquela terra por três dias.

Ninguém via o outro e ninguém se levantou do seu lugar por três dias.

Mikha'el segurou a escuridão para que não entrasse no acampamento, e todos os filhos de Yisra'el tinham luz em suas habitações.

Então, faraó chamou Moshe e disse: "Vá, sirva ao Santo dos céus, somente fiquem suas ovelhas e suas vacas, suas crianças poderão ir com vocês".

Moshe, porém, disse: "Você também dará em nossas mãos sacrifícios e holocaustos para oferecermos ao Altíssimo. Nosso gado irá conosco, nem uma unha ficará, porque esses animais ofereceremos ao Altíssimo, nossa força e nosso Rei".

O adversário, porém, endureceu o coração de Faraó e este não quis deixar ir o povo de Yisra'el.

E disse Faraó: "Saia da minha frente. Que eu não veja mais o seu rosto, porque no dia em que você vir o meu rosto, você morrerá".

E disse Moshe: "Você disse certo, eu nunca mais verei o seu rosto".

Décima praga

Mikha'el disse a Moshe: "O Santo Rei dos céus avisou que ainda mais uma praga trará sobre Faraó e sobre Mitzráyn. Depois, ele deixará vocês irem embora daqui. E, quando deixar vocês irem, saiam com toda a pressa".

Disse mais a Moshe: "Assim o Santo tem dito: À meia-noite eu sairei pelo meio de Mitzráyn e protegerei o meu povo, pois todo primogênito desta Terra morrerá, desde o primogênito de Faraó, que se assenta com ele sobre o seu trono, até o primogênito da serva e todo primogênito dos animais. Haverá grande clamor em toda a terra de Mitzráyn, qual nunca houve semelhante e nunca mais haverá. Mas dos filhos de Yisra'el nem um cão moverá a sua língua, e os homens e os animais ficarão ilesos para que saibam que o Santo dos céus fez diferença entre os egípcios e os israelitas".

Então o povo de Yisra'el comemorou o Pessach naquele dia pela primeira vez e foi decretado como testemunho a todo povo que uma vez por ano naquele mês eles comemorariam esse festival.

Todos passaram sangue de cordeiro nas portas, assim como havia sido ordenado a eles.

Quando se completou meia-noite, o Santo Rei deu a ordem e Mikha'el libertou todos os poderes do adversário, aqueles Djinns que ele controlava, mas estavam presos na condenação. Eles foram soltos para matar todos os primogênitos da terra de Mitzráyn, do primogênito do Faraó ao primogênito da serva e do gado.

E Azra'el vinha seguindo atrás deles a cada casa dos egípcios que eles passavam.

Os príncipes do Santo: Mikha'el, Gavri'el, Rapa'el, Uri'el, Suri'el, Fanu'el e Ra'uel ficaram próximos às portas e próximos aos animais para que nenhum de Yisra'el fosse ferido, nem homem, nem animal.

Eles fizeram tudo conforme o Santo os havia comandado e os Djinns desviaram de todos os filhos de Yisra'el, a praga não sobreveio sobre eles para destruí-los, nenhuma vida foi ferida, nem do gado, nem do homem ou do cão.

Antes de o dia amanhecer, os príncipes do Santo começaram a prender todos eles no lugar da condenação e prenderam também o adversário por pouco tempo, para não tentar o Faraó.

Faraó se levantou de noite e também todos os seus servos e todos os egípcios. Havia grande clamor em Mitzráyn, porque não havia casa em que não houvesse um morto.

CAPÍTULO XVIII

O CAMINHO DA LIBERDADE

A saída do povo de Yisra'el de Mitzráyn

Faraó chamou Moshe e Aharon à noite e disse: "Levantem-se e saiam do meio do meu povo, tanto vocês como os filhos de Yisra'el, e vão servir ao Santo Rei dos céus, como pediram. Levem também com vocês suas ovelhas e suas vacas, como pediram, vão e me abençoem também".

Os egípcios apressavam o povo com insistência para que saíssem da terra deles, porque diziam: "Todos nós seremos mortos".

Assim, partiram os filhos de Yisra'el de Ramessés para Sucote, eram 600 mil pessoas, somente homens, sem contar os meninos.

Subiu também com eles uma mistura de gente, ovelhas e vacas, uma grande multidão de gado.

Depois partiram de Sucote e acamparam em Etã, à entrada do deserto.

Mikha'el ia à frente deles de dia, numa coluna de nuvem para guiá-los pelo caminho, e Uri'el à noite, numa coluna de fogo.

A parada estratégica

Então, Gavri'el disse a palavra do Santo Rei, dizendo: "Moshe, fale aos filhos de Yisra'el que voltem e que acampem diante de Pi-Hairote, entre Migdol e o mar, diante de Baal-Zefom. Então, Faraó dirá: Estão perdidos na Terra, o deserto os parou. O adversário endurecerá o coração de Faraó para que os persiga e eu serei glorificado pelo Faraó e por todo o seu exército, e saberão os egípcios que Eu Sou o Criador de todas as coisas".

Ele disse a Rapa'el: "Solte o adversário, que está aprisionado, para que ele seduza a Faraó e o traga até a minha presença e à presença dos filhos de Yisra'el, pois mostrarei meu poder na frente de todo o seu exército e ele será o único que sobrará vivo para servir de testemunha a todas as nações".

Então Rapa'el libertou o adversário e ele saiu para tentar a Faraó e toda a terra de Mitzráyn.

Ele percorreu toda aquela Terra, norte e sul, seduzindo todos, e a multidão foi até Faraó resmungando.

Sendo, pois, anunciado ao rei de Mitzráyn que o povo fugia, seu coração endureceu, pois seu povo disse: "Por que fizemos isso? Deixamos ir o povo de Yisra'el, quem nos servirá agora?".

Faraó aprontou o seu carro e com ele estava o seu povo, 600 carros escolhidos, todos os carros de Mitzráyn e os capitães sobre eles todos.

Os egípcios perseguiram Yisra'el com todos os cavalos e carros de Faraó, seus cavaleiros e o seu exército e os alcançaram no acampamento junto ao mar, perto de Pi-Hairote, diante de Baal-Zefom.

Quando o povo viu o exército de Faraó se aproximando, desanimou e começou a duvidar de Moshe, dizendo que iam morrer ali naquele dia. Voltaram os pensamentos para a servidão de Mitzráyn.

Moshe, porém, respondeu a todo o povo: "Façam silêncio e vejam o livramento que o Santo Rei dos céus fará a vocês. Esses egípcios que vocês estão vendo não verão jamais, pois o Santo dos céus lutará por vocês".

Moshe abre o mar

Então, disse Gravri'el a Moshe: "Por que clamam? Diga aos filhos de Yisra'el que marchem imediatamente. E você, levante a sua vara e estenda a sua mão sobre o mar para que as águas se dividam pelo meio, para que os filhos de Yisra'el passem pelo meio do mar em terra seca. O adversário vai endurecer o coração dos egípcios para que entrem nele atrás de vocês. Assim diz o Santo Rei: Eu serei glorificado pelo Faraó e por todo o seu exército nos seus carros e seus cavaleiros. Os egípcios saberão que eu sou o Todo-poderoso, quando eu for glorificado pelo Faraó, nos seus carros, e por seus cavaleiros".

Mikha'el, que ia à frente do exército de Yisra'el, se retirou e foi para trás deles. Também a coluna de nuvem se retirou da frente deles e se colocou atrás.

Ele ficou entre o campo dos egípcios e o campo de Yisra'el e a nuvem era obscuridade para aqueles.

Uri'el passou à frente, em coluna de fogo, e para os de Yisra'el era como se fosse dia.

Então, Moshe estendeu a sua mão sobre o mar e Ra'uel fez retirar o mar por um forte vento oriental toda aquela noite. O mar secou e as águas foram partidas.

Os filhos de Yisra'el entraram pelo meio do mar seco e as águas lhes foram como muro à sua direita e à sua esquerda.

Os egípcios os seguiram e entraram atrás deles com todos os cavalos de Faraó, os seus carros e os seus cavaleiros até ao meio do mar.

E aconteceu que, naquela manhã, Uri'el, e Mikha'el viram o campo dos egípcios, deixaram seus postos e os alvoroçaram, tirando as rodas dos seus carros e os fazendo andar com dificuldades.

Então disseram os egípcios: "Vamos fugir da presença de Yisra'el, porque o Santo dos céus luta por eles e contra os egípcios".

E disse Gavri'el a Moshe: "Estenda a sua mão sobre o mar para que as águas retornem sobre os egípcios, sobre os seus carros e sobre os seus cavaleiros".

Então, Moshe estendeu a sua mão sobre o mar, Ra'uel fez parar o vento oriental e o mar retomou a sua força ao amanhecer.

Os egípcios tentaram fugir; mas as águas caíram em cima deles e cobriram os carros e os cavaleiros de todo o exército de Faraó. Daqueles que seguiram os israelitas no mar, nenhum deles sobreviveu.

Assim, o Santo Rei dos céus salvou Yisra'el naquele dia da mão dos egípcios e eles viram os egípcios mortos na praia do mar.

Yisra'el viu a grande força que o Santo dos céus mostrou aos egípcios e o povo temeu o Altíssimo e creu no Santo dos céus e em Moshe, seu servo.

Faraó foi o único sobrevivente, ele voltou para sua terra com grande humilhação e os filhos de Yisra'el passaram a habitar o deserto.

CAPÍTULO XIX

A TERRA PROMETIDA

Yisra'el envia espiões

Certo dia, o Santo dos céus enviou Gavri'el e disse a Moshe: "Envie homens para espiarem a terra de Knaan que eu darei aos filhos de Yisra'el. De cada tribo de seus pais envie um homem, sendo cada um príncipe da tribo".

E Moshe enviou os homens do deserto para a terra de Knaan, dizendo: "Vão pelo lado do sul e subam a montanha. Vejam que terra é e o povo que a habita, se é forte ou fraco, se são poucos ou muitos".

E foram para o lado do sul, chegaram até Quiriat-Arba e estavam ali Aimã, Sesai e Talmai, filhos de Anaq.

Depois foram até o vale de Escol e ali cortaram um ramo de vide com um cacho de uvas, o qual dois homens tinham que carregar sobre uma vara, como também romãs e figos.

Os frutos dos gigantes eram enormes, pois foram obras das sentinelas, na fome que houve naquele tempo da antiguidade.

Eles espionaram a terra e voltaram ao fim de 40 dias.

A terra dos gigantes

Chegando ao acampamento, eles foram até Moshe, Aharon e toda a congregação dos filhos de Yisra'el, deram as notícias sobre aquela terra a toda a congregação e mostraram-lhes os frutos da terra.

E disseram: "Fomos até a terra que nos enviou e verdadeiramente mana leite e mel, estes são os seus frutos. O povo, porém, que habita essa terra é poderoso e as cidades fortificadas são muito grandes. Também ali vimos os filhos de Anaq. Os amalequitas habitam a terra do sul, os heteus, os jebuseus e os amorreus habitam as montanhas e os cananeus habitam junto do mar, pela margem do Jordão".

Então Kalev fez o povo se calar perante Moshe e disse: "Certamente iremos possuir aquela terra por herança, nós prevaleceremos contra ela".

Porém, os homens que foram com ele espionar a terra disseram: "Não poderemos lutar contra aquele povo, porque é mais forte do que nós. A terra pela qual passamos é terra que consome os seus moradores e todo o povo que vimos nela são homens de grande estatura. Também vimos ali gigantes, filhos de Anaq, descendentes dos gigantes, e aos nossos olhos éramos como gafanhotos, assim também éramos aos olhos deles".

Quando o povo ouviu essas palavras, todos desanimaram, mas alguns homens que estavam ali tentaram animar o povo.

Os anaquins eram homens de reputação, valentes e guerreiros, eles descendiam de Arba e se fortaleceram naquela região.

Seus principais aliados eram Ogue, rei de Basã, Seon, rei de Hésbom, e Adoni-Zedeque, rei de Jebus.

Desde a morte de Arba eles habitavam aquelas terras e conseguiram resistir a todos os invasores que queriam saquear suas terras.

A derrota de Seom

Yisra'el marchou até as fronteiras dos amorreus e enviou mensageiros para dizer a Seom, rei dos amorreus: "Deixem a gente atravessar a sua terra. Não entraremos em nenhuma plantação, em nenhuma vinha, nem beberemos água de poço algum. Passaremos pela estrada do rei até que tenhamos atravessado o seu território".

Seom, porém, não deixou Yisra'el atravessar o seu território. Ele convocou todo o seu exército e atacou Yisra'el no deserto.

Mas o Ancião de dias enviou Mikha'el para lutar do lado de Yisra'el, que os destruiu com a espada e tomou as terras deles do Arnom até o Jaboque, próximo ao território dos amonitas, pois Jazar estava na fronteira dos amonitas.

Yisra'el capturou todas as cidades dos amorreus e as ocupou, inclusive Hesbom e todos os seus povoados, mas devolveu as cidades dos moabitas. Assim, Yisra'el habitou a terra dos amorreus.

Moshe enviou espiões a Jazar e os israelitas tomaram os povoados ao redor e exterminaram os amorreus que ali estavam.

Depois voltaram e foram pelo caminho de Basã. Ogue, rei de Basã, com todo o seu exército, marchou para enfrentar Yisra'el em Edrei.

Mas Mikha'el disse: "Moshe, não tenha medo dele, pois o Santo Rei o entregou a você com todo o seu exército e com a sua terra. Você fará com ele o que fez com Seom, rei dos amorreus que habitava Hesbom".

A derrota de Ogue

Ogue acampou em frente ao exército de Yisra'el e falava mal de Yisra'el, de Moshe, e do Santo dos céus, o comandante do exército.

Dizia ele: "Você acha, verme de Yisra'el, que não estive acima das grandes águas do dilúvio que cobriram as mais altas montanhas da Terra? Você nunca tocou o céu nem esteve a dois côvados acima dos homens, meu sonho é derramar suas entranhas na Terra. O baal da terra me guiará, pois sou Ogue, o maior homem de minha terra, o que você pode fazer comigo? Eu vi sua mãe, Egito, devorar seus jovens, será por isso que você agora guerreia contra mim? O baal me guiará para cortar você em pedaços com esse seu falso deus e seus homens fracos. Usarei apenas um braço para quebrar o chifre de Yisra'el. Por acaso minhas façanhas não são conhecidas por ti, seu verme? Você sabe que lutei contra monstros gigantescos ao lado de meus antepassados nos tempos antigos? Você sabe onde ficava o velho mundo? Somos feitos para a matança e violentos por natureza.

Baal, é o deus dessa terra fértil, que eu, Ogue, vivo. Por isso ele me entregará você com todos esses seus homens fracos. O meu senhor tem bastante respostas para dar a esse seu falso deus patético manchado de descrição. Seu deus é do tamanho de um inseto, ó Yisra'el. Quando eu for vitorioso oferecerei sacrifício ao baal da terra e haverá carne assada em honra ao baal do Sol. E suas virgens e crianças serão arrastadas pelo crânio até o altar do baal da terra. Você não encharcou a barba de Seom com o sangue de suas mulheres e filhos? Então coloque sua roupa de batalha e venha enfrentar o verdadeiro sacerdote do baal da terra, pois estou pronto para esmagá-lo".

Assim que Ogue terminou suas palavras de maldição, Mikha'el feriu Ogue e seus homens em Edrei e Yisra'el executou o restante deles no acampamento dos amorreus.

Ogue, seus filhos e todo o seu exército foram exterminados e não restou sobrevivente algum. E o povo de Yisra'el tomou posse das terras deles.

Assim, os amorreus perderam seu domínio naquela região. Ogue, o mais poderoso dos gigantes naquela terra, e o último de seu tempo, foi morto.

Sobraram apenas os anaquins, descendente de Arba.

Descendentes de Arba

Arba era um dos gigantes que escapou em Hérmon. Quando os gigantes saíram de Hérmon, espalharam-se na região montanhosa de Gilead, antes chamada vale dos gigantes, nas terras de Edom, Moabe, Amon, Knaan e nas terras dos filisteus.

Arba morreu defendendo suas terras, Nimrod o havia matado. Ogue ficou furioso com Nimrod, pois havia matado seu companheiro e se tornou seu inimigo.

Seu filho, Anaq, construiu Quiriat-Arba, a cidade em homenagem a seu pai, pois ele era o mais famoso daquele clã.

Anaq teve três filhos: Aimã, Sesai e Talmai, e daí se espalhou o clã dos anaquins.

Anaq também edificou Quiriat-Sefer, a biblioteca dos gigantes, onde eles armazenavam os conhecimentos de seu povo, os conhecimentos que eles adquiriam e suas culturas.

Seus três filhos moravam nas redondezas de Quiriat-Arba, a principal cidade dos anaquins, e o rei dessa cidade se chamava Hoão.

As conquistas de Ysra'el

Os israelitas conquistaram Ai, depois foram para Gibeom, onde estes se renderam e fizeram acordo com Yisra'el.

Adoni-Zedeque, rei de Jebus, ficou sabendo que Gibeom fez acordo com Yisra'el e teve medo. Então enviou mensageiros para Hoão, rei de Quiriat-Arba, a Pirão, rei de Jarmute, a Jafia, rei de Laquis, e a Debir, rei de Eglom, dizendo: "Venham me ajudar a destruir Gibeom, porque fizeram paz com Yehoshua e com os filhos de Yisra'el".

Então se juntaram os cinco reis e todos os seus exércitos, cercaram Gibeom e lutaram contra aquele povo.

Esses reis faziam parte do território dos amorreus, eram o restante deles, entre eles os anaquins e os jebuseus.

Os gibeonitas mandaram mensagem a Yisra'el dizendo: "Não abandone a gente, venha depressa nos ajudar, pois os cinco reis dos amorreus querem nos eliminar".

Então Yehoshua partiu de Gilgal com todo o seu exército para Gibeom.

Gravri'el disse a Yehoshua: "Não tenha medo desses reis, pois o Santo Rei os entregou em suas mãos".

Os israelitas marcharam em direção a Gibeom e batalharam contra os cinco reis e todos os seus exércitos, que foram massacrados por Yisra'el.

Eles começaram a fugir do campo de batalha, então o Santo dos céus enviou Mikha'el, que mandou uma chuva de pedras em direção aos amorreus. Morreu mais gente com a chuva de pedras do que pela espada e o povo de Yisra'el matou os cinco reis, que se esconderam em uma caverna.

Naquele mesmo dia, Yisra'el conquistou as cidades de Maquedá, Libna, Laquis, Gezer, Eglom e Quiriat-Arba.

A derrota dos filhos de Anaq

Em Quiriat-Arba, Kalev comandou o exército, eles batalharam contra os filhos de Anaq: Aimã, Sesai e Talmai.

Os israelitas os feriram e os expulsaram daquelas terras, e eles fugiram para Gaza e habitaram ali. Depois Yisra'el partiu para Quiriat-Sefer, a biblioteca dos gigantes, e Kalev disse: "Vou dar minha filha em casamento a quem conseguir conquistar Quiriat-Sefer". Otni'el, o filho de Knaz, conquistou a cidade.

Então Kalev entrou na cidade e queimou os livros deles, pois continham conhecimentos proibidos, feitiçaria, misticismo, livros de presságios e sinais dos céus, rituais de sacrifícios, como utilizar matérias da Terra e os cinco elementos, livros sobre pedras, amuletos e magia.

Tudo foi queimado, não sobrou nada na biblioteca deles. Depois ele deu sua filha, Achsah, em casamento a Otnie'el.

E assim Yisra'el marcou seu domínio naquelas terras. Ham, Kush e Mitzráyn haviam avisado Knaan: "Você tomou esta terra por uma revolta e por uma revolta seus filhos morrerão nela, e vocês serão exterminados e amaldiçoados para sempre".

Os filhos de Knaan se associaram aos gigantes, aumentando mais ainda seus pecados, os piores entre eles eram os amorreus.

Os últimos gigantes vivos naquelas terras eram os filhos de Anaq. Eles se estabeleceram em Gate, Ascalom e Gaza, na terra dos filisteus.

Eles tiveram filhos naquelas terras, mas seus filhos não exerceram cargos reais, eram os heróis dos filisteus, lutando as guerras deles.

Os mais famosos deles foram: Golias, Isbi-Benobe, Safe e o outro Golias.

*Sabedoria faz brilhar o seu rosto
e sua face se transforma.*